KB165276

열두 켤레의 여자

열두 켤레의 여자

초판 1쇄 인쇄 2020년 5월 27일
초판 1쇄 발행 2020년 6월 5일

지은이 김이은
펴낸이 이수철
주 간 하지순
교 정 구경미
디자인 권석중
마케팅 안치환
관 리 전수연

펴낸곳 나무옆의자
출판등록 제396-2013-000037호
주소 (03970) 서울시 마포구 성미산로1길 67 다산빌딩 3층
전화 02) 790-6630 팩스 02) 718-5752
페이스북 www.facebook.com/namubench9
인쇄 제본 현문자현

ⓒ 김이은, 2020

ISBN 979-11-6157-100-3 04810
ISBN 979-11-86748-04-6 (세트)

* 나무옆의자는 출판인쇄그룹 현문의 자회사입니다.
* 이 책의 전부 또는 일부 내용을 재사용하려면
  사전에 저작권자와 도서출판 나무옆의자의 동의를 받아야 합니다.
* 이 도서의 국립중앙도서관 출판예정도서목록(CIP)은 서지정보유통지원시스템
  홈페이지(http://seoji.nl.go.kr)와 국가자료공동목록시스템(http://www.nl.go.kr/kolisnet)에서
  이용하실 수 있습니다. (CIP제어번호 : CIP2020020353)

ROMAN
COLLECTION
014

열두 켤레의
여자

김이은 소설

나무옆의자

차례

나는 늘 비슷한 옷을 입고 같은 집에서 30년 넘게 살고 있다.

날 흥분시키고 행복하게 만드는 건 아주 익사이팅한 무엇이나

돈이 아니라 단지 아름다운 구두를 만들어내는 순간이다.

구두는 여자를 변화시킨다.

—마놀로 블라닉

종일 미세먼지에 갇혀 폐질환자가 급속도로 증가하는, 영화 〈배트맨〉에 나오는 고담시 같은 희끄무레하고 탁한 도시.

공기업에서 20년 가까이 성실하게 일해온 남경희.

점심으로 인도식 카레를 먹을까 추어탕을 먹을까 고민했다. 막상 밖으로 나오니 봄바람이 스산해 추어탕을 먹었다. 뜨끈한 게 낫겠다 싶어서였다. 갈아서 만든 방식이 아니라 통으로 미꾸라지가 들어간 추어탕집이었다. 징그럽다는 이상한 이유로 요즘은 보통 갈아 만든 추어탕을 먹는데 그건 추어탕의 본질을 모르고 하는 얘기다. 통으로 입안에 넣고 씹을 때의 고소함은 먹어보지 않고는 알 수 없다. 어떻게 그런 걸 그렇게 잘 먹을 수 있냐며 찡그리는 부하 직원들에게 모르는 소리 말라며 손사래 쳤다.

─미꾸라지를 소금통에 던져 넣으면 마구 꿈틀거리면서 내장에 든 것들을 토해내고 점막이 벗겨지는 거잖아요. 살아 있는 생명인데 얼마나 고통스럽겠어요. 사람 먹자고 그 잔인한 짓을 하다니.

그중 누가 그러기에 남경희는 살아서 팔딱대는 미꾸라지를 떠올렸다. 그 미끈하고 요염한 몸체라니. 손으로 잡을라치면 이리저리 쏙쏙 빠져나가 애간장 태우는 그 힘은 또 어떤가.

그렇게 남경희가 통추어탕 예찬으로 점심시간을 마무리하고 있을 때, 인생 최대 위기가 닥쳤다. 거의 추락이라고 해도 좋을 정도였다. 갑자기 모시던 사장이 파면되었다는 통보가 들려온 것이다.

그것이 남경희의 추락인 까닭은 이렇다.

남경희는 평소 인사과 직원들과 친분을 도탑게 쌓아두었다. 철마다 적당한 제철 음식을 선물하고 경조사에 누구보다 성심으로 동참했으며 술친구, 밥친구, 운동친구, 캠핑친구 등등 합법적 테두리 안에서 최선을 다해두었다. 공기업 특성상 인사 적체가 심한데 언젠가 좋은 기회가 찾아올 거라 확신했기 때문이었다. 가만히 있으면 자동적으로 뒤로 밀려나는 세상 아닌가. 사람의 도리를 다하고 하늘의 답을 기다린다, 의 심정이었다.

아니나 다를까, 반년 전쯤 외부에서 신임 사장을 초빙하면서 비서진을 개편했다. 공기업 최초의 여사장이란 이슈로 한동안 떠들썩했다. 그때 그동안 쌓아둔 친분이 위력을 발휘해 남경희는 사장의 수석비서로 들어갈 수 있었다. 그 일을 두고 회사 내에서 말들이 오갔다. 그도 그럴 것이 첫째, 남경희가 원래 비서실 출신도 아니었고 둘째, 사장 비서직이 남경희가 맡고 있던 자리보다 직급이 낮은 데였고 셋째, 결정적으로 사장 수석비서를 거치면 그다음은 인사 적체를 뚫고 바로 승진 길에 오를 수 있다는 건 전 사원이 아는 일이었으니까.

—사장 파면이라니. 이게 무슨 말도 안 되는…….

저도 모르게 큰 소리가 툭 튀어나왔다. 사무실 직원 모두가 남경희를 돌아보았다. 그다음에 이어질 욕설이 입 밖으로 나오려는 찰나 남경희 스스로 간신히 막았다.

사정은 이랬다. 사장에게는 어릴 적부터 우애 넘치는 남동생이 있었다. 조실부모하고 사고무탁했던 두 남매가 천신만고 끝에 어엿하게 장성했으니 천하에 당연지사. 중견 건설회사를 운영하던 남동생이 모종의 금융사고로 검찰청에서 피의자 신분으로 소환 통보를 받은 뒤 출석하겠다고 해놓고, 튀었다. 그 동생이 자취를 감춘 지 1년여 만에 잡혔다. 어떻게? 동생의 처지를 불쌍히 여긴 누나가 도피 자금을 댔고 부주의하게 딱 한 번, 누나가 수석비서인 남경희와 함께 필리핀 출장 가 있던 바로 그때 딱 한 번, 강원도에서 누나 명의 카드를 사용했다 덜미를 잡혔다.

남경희는 바싹 약이 올랐다. 퇴임도 아니고 파면이니 새 사장이 선임되면 비서진을 싹 갈아치울 게 뻔했다. 지방 촌구석으로 발령 내거나 화장실 옆 구석 자리에 배정해놓고 해도 그만 안 해도 그만인 일이나 시키려나.

—앗.

우르릉. 콰쾅. 거짓말 같은 운명의 장난으로 마른하늘에 날벼락 치는 소리가 아니었다. 갑자기 남경희의 배 속에서 난리가 난 소리였다. 남경희는 앗, 소리와 함께 여러 가지 말들이 담긴 직원들의 표정을 뒤로하고 화장실로 직행했다.

다 옮겨 적기 민망한 소리가 남경희 배 속과 그 아래에서 끊이지 않았다. 기름기 많은 통추어를 추가 주문까지 해서 잘 먹은 뒤에 청천벽력 같은 소리를 듣고 충격을 받은 나머지 장에 탈이 난 것이었다.

『화장실의 심리학』이라는 책에 따르면, 장은 그저 배설물이 흐르는 육질의 하수관이 아니다. 장은 감정이 있는 기관이며 뇌와 소통하는 신경을 가지고 있고 뇌의 생각, 욕망, 지각에 반응한다. 그러니까, 극심한 스트레스를 받으면 그 결과가 뇌를 통해 장으로 이어져 설사로 나타날 수 있다는 말이겠다. 어찌 알았냐고? 직원 복지 방안 중 하나로 화장실에 있는 시간 동안 교양을 쌓으라며 화장실에 비치해둔 책 가운데 하나가 바로 『화장실의 심리학』이었으니까.

남경희는 설사를 하면서 이 사태를 어떻게 수습하고 대처해야 할지 생각하려 했으나 그러기엔 설사가 더 급했고 또 밖이 소란스러웠다.

—승진해보려고 탔던 줄인데 썩은 줄이니 이제 어쩌려나?

—그러게. 신문에 대문짝만하게 기사가 실리고 사장이 파면당했으니.

—남 걱정해주는 거야? 너나 잘해. 출세 좀 해보려고 알랑방귀 뀌다 잘됐지.

일단 저것들 입부터 확 꿰매버려야겠다, 고 생각했는데 그들이 화장실에서 나갈 때까지 남경희는 변기 위에서 일어나지 못했다.

—어서 오세요.

봄볕이 센 것도 아닌데 남경희는 알이 까만 선글라스를 꼈다.

—쏠라즈는 처음이신가요?

윤찬경이 미소로 남경희를 맞았다. 쏠라즈는 하이힐 전문 구두 매장이다.

'쏠라즈Solaz'

그 밑에 쓰인 말은 이랬다.

'실용성 없고 편하지 않고 활동적이지 않으며 오래 신으면 반드시 발이 아프게 마련이지만 아름다운, 오직 아름다운 구두.'

쏠라즈 주인 윤찬경이 바른 자세로 인사한 다음 특급 호텔 지배인들이 하는 것처럼 몸을 옆으로 살짝 비켜서서 한쪽 팔을 약간 여는 제스처를 통해 쏠라즈 안으로 남경희를 인도했다.

남경희는 대꾸 없이 목만 까딱 숙여 보이고 한쪽 손으로 선글라스를 추어올렸다. 윤찬경은 거리를 두고 서 있었다.

—천천히 둘러보세요.

남경희는 곧장 쇼룸을 한 바퀴 둘러보았다. 열과 행을 맞춘 매대 같은 건 없었다. 식탁인 듯 보이는 테이블이 여기저기 몇 개, 붉은 테이블보 위에 드라이플라워가 장식된 가운데 구두 몇 켤레가 올라가 있고, 의자 서너 개와 소파들 위에도 구두가 놓여 있고, 짙은 바이올렛 색깔의 양탄자 위에는 구두들이 띄엄띄엄 부려져 있었다. 간혹 어떤 구두는 바로 서 있지 않고 옆으로 누워 있었다. 무질서하고 체계적이지 않고 들쭉날쭉했다. 구두들이 진열되어 있다기보다 제멋대로 널려 있다고 표현하는 게 더 정확했다. 사이즈나 색깔이나 디자인이나 뭐 어디 하나 계통을 찾을 수 없었다. 이래서 어떻게 구두를 찾을 수 있지? 여기 있는 구두들을 하나하나 다 신어보기라도 해야 하는 걸까? 남경희는 불만 섞인 혼잣말을 중얼거렸다.

─원하시는 스타일을 말씀해주시면 도와드리겠습니다.

윤찬경이 가까이 다가오지 않고 말했다. 친절한 말투였다.

─음…… 구두들이 너무 중구난방으로 놓여 있어서 원하는 걸 찾기가 쉽지 않네요.

─말씀해주시면 제가 찾아드리겠습니다.

─제가 보는 게 낫죠. 좀 더 효율적으로 질서 있게 진열하면 공간 활용도도 높이고 손님들이 구두를 섹션별로 보기도 좋을 텐데요.

─그런 건 쏠라즈 바깥 세상에 차고 넘치니까요.

윤찬경이 미소 띤 얼굴로 말했다. 맹랑하고 당돌한 대답 아닌가. 그렇게 되받아치면 고객이 무안해할 수도 있다는 걸 잘 알 텐데. 남경희가 선글라스 안에서 곁눈으로 윤찬경을 보았다. 마른

듯하지만 균형 잡힌 몸피와 세련된 차림, 과하지 않으면서 공들인 메이크업을 1초 만에 훑어보고 윤찬경을 파악했다. 윤찬경은 여전히 미소 짓고 있었다. 남경희는 윤찬경의 태도가 프로답고 세련됐지만 인위적이고 꾸민 거라고 생각했다. 장삿속이나 자부심, 또는 어떤 오기도 있는 걸지 모른다고 짐작했다. 이런 구두 매장을 운영하다 보니 얼마나 많은 사람들을 상대했겠는가. 닳고 닳았다는 얘기지. 웬만한 사람이나 어지간한 말들에는 눈 하나 깜짝 안 하겠지.

　─일단 제가 좀 둘러볼게요.

　윤찬경이 보기에 남경희는 우왕좌왕이었다. 구두를 둘러보고 있긴 하지만 스스로 어떤 구두를 보아야 하는지 알지 못하는 듯싶었다.

　남경희는 쏠라즈가 어떤 곳이라고 알고 왔을까.

　속으로 생각하면서 윤찬경이 남경희를 살펴보았다. 쏠라즈에 오는 고객들은 대개 세련되고 센스 넘치는 패션 트렌드에 민감한 사람들이지만 간혹 인생 최대의 모험을 감행하는 것이 분명해 보이는 고객도 있었다. 그들은 옷차림과 표정으로 알 수 있었다.

　남경희의 원피스가 그리 나쁘지 않다는 것을 인정했다. 무난

하고 예의를 갖춘 오피스룩에 가까우면서도 컬러 감각이나 코디 센스에서 디테일과 에지를 놓치지 않았다. 그러나 평소 하이힐을 즐겨 신을 스타일은 아니다. 하이힐의 매력과 불편함 중에서는 후자에 더 신경이 쓰이는 게 자연스러운 나이로 보였고. 그런데 쏠라즈에 왔다면, 그것도 첫 방문이라면 대개 나이 어린 동행과 함께인 경우가 많다. 혼자 이곳에 하이힐을 구매할 목적으로 왔다면 그건 좀 더 은밀한 이유에서가 아닐까. 윤찬경은 여태껏 알이 까만 선글라스를 쓰고 있는 남경희를 보며 속으로 짐작했다.

남경희는 도무지 뭐가 어디 있는지 모르겠네, 라고 들릴락 말락 투덜댔다. 윤찬경에게는 자신이 지금 이런 곳에 와서 무얼 하고 있는 건지 도통 모르겠다, 는 뜻으로 해석되었다. 쏠라즈는 하이힐 전문 매장이다. 높고 화려하고 불편하고 대체 누가 저런 걸 일상에서 신을 수 있을까, 싶은 구두들이 즐비하다. 그런 까닭에 여기 오는 고객은 자신이 무얼 원하는지 분명하게 알고 온다. 하이힐은 그런 구두다. 무언가를 감추고 머뭇거리고 주저하는 건 여기서 어울리지 않는다. 쏠라즈는 솔직하게 드러내고 보여주고 스스로 감당하는, 그런 곳이다.

구두를 팔다 보면 기분 좋은 손님만 있는 건 아니다. 솔직한 심정은 나가주었으면 싶었다. 윤찬경은 또각또각 소리를 내며 남경희를 향해 걸어갔다. 그리고 이렇게 말했다.

─고객님, 이쪽에 편안하게 앉아 계시면 제가 다양한 스타일의 구두를 보여드리겠습니다.

윤찬경은 편안한 미소를 띤 얼굴이었다. 남경희는 뒤돌아 윤찬경을 보았고 윤찬경이 가리키는 바이올렛 벨벳 소파를 보았다.

─고객님께서 예약한 시간 동안은 얼마든지 천천히 보셔도 되니까요. 원하는 구두를 찾으실 수 있을 거예요.

남경희는 윤찬경이 이끄는 대로 소파에 가 앉았다. 아무리 꾸민 것이라 해도 남경희가 보기에 윤찬경은 프로다. 저 정도의 안정감이라면 다만 과시욕에 들떠 청춘을 탕진하려고 하이힐을 찾는 멍청이들만 상대해온 것 같지 않은 느낌이다. 뭐랄까. 인생의 희로애락을 만만치 않게 겪어온 사람 특유의 여유와 무심함이랄까, 그런 게 느껴지기도 했고. 무엇보다 지금껏 인생을 성실하게 살아온 남경희의 관점에서 보자면 저런 종류의 무심함은 이해의 폭과 깊이가 남다를 수 있다는 표식 같은 거였다. 동시에 입도 무거워 남의 뒷담화 같은 거 잘 안 하고. 무심하니까.

─이게 뭐라고 이렇게까지 해야 하나. 누가 들으면 꼭 내가 무슨 자격지심이라도 있는 사람 같겠네.

남경희는 소파에 앉으며 스스로 민망한 기분이었다.

민망해지니까 자동적으로 다시 생각이 났다.

남경희는 그날 조퇴했다. 이듬해 상반기에 있을 굵직한 행사 계획을 잡아야 하는 일 따위가 남아 있었지만 아무려면 어떠랴, 하는 심정이었다. 어차피 사장이 새로 부임하면 새 비서진이 전면 수정할 일 아니겠는가. 어떤 비서진이 파면된 전임 사장의 비서진이 짜놓은 계획 따위를 그대로 수행하겠나.

무엇보다, 배가 아팠다. 점심시간 직후부터 시작된 설사가 오후에도 간헐적으로 이어지고 있었다. 안 되겠다 싶어 약국에 가 정로환을 사 먹었다.

—따뜻한 물을 드시고 가급적 스트레스 받지 말고 편히 쉬세요.

회사 근처 단골 약국의 약사는 남경희를 십수 년 동안 봐오면서 설사는 처음 있는 일이라며 걱정해주었다. 약국에서 나와 하아, 한숨 쉬며 하늘을 올려다보았다. 이어 땅을 한 번 내려다보았다. 하아. 한숨 한 번. 이윽고 남경희는 회사 반대편으로 걷기 시작했다.

그리고 간 곳은 집이었다. 인생 헛살았나, 싶은 자괴감에 훌쩍 여행이라도 떠날까 생각도 했고 내일 당장 출근해서 어떻게 업무를 보나 싶은 막연함에 아무 곳으로나 사라지고 싶기도 했다. 그런데 고작 집이라니, 싫겠지만 회사와 집만 오가며 살았던 남경희에겐 집이 숨을 곳이고 피할 곳이고 쉴 곳이었다.

무엇보다, 배가 아팠다.

정로환을 먹었어도 설사는 이어졌다. 마침 아이가 수학여행 중이라 집은 온전히 보호받고 있었다. 남편 박병호가 퇴근해 들어오겠지만 알아서 저녁 차려 먹고 알아서 잠자리에 들겠지. 처음엔 맞벌이 사정상 저녁을 매일 함께 먹는 것이 물리적으로 어렵다는 것을 쌍방이 이해했고 지금은 그것이 습관이 되어 각자 알아서 챙겨 먹는다. 정치외교학과 교수인 박병호는 학교 일 외에도 요즘에는 시국이 하 수상한 까닭으로 여기저기 뉴스나 종편 방송에 패널로 출연하는 일이 잦아 집에 돌아오면 그대로 곯아떨어지기 일쑤였다.

남경희는 집에 돌아오자마자 정장을 벗었다. 블라우스도 벗고, 브래지어도 벗어 던졌다. 팬티만 입은 몸에 최대한 헐렁한 원피스를 걸친 다음 약사의 지시에 따라 따뜻한 물을 마셨다. 정로환을 한 번 더 먹고 저녁은 거른 채 침대에 누웠다. 표면이 매끄러우면서도 서늘한 느낌의 구스 베딩이 맨살에 닿자 피로감으로 온몸이 젖어드는 듯했다.

남경희는 잠을 잤다. 처음엔 당장 이 사태를 어떻게 헤쳐 나가야 하나, 차라리 이참에 뭔가 다른 일을 새로 시작해보는 건 어떨까, 학교 졸업하고 바로 취직해서 쭉 한 회사에서 일했는데 무슨 재주로 다른 일을 할 수 있겠나, 이 회사를 나가면 나의 능력은 무엇으로 증명해 보이나, 그러면 무능하고 쓸모없는 인간이라는 자괴감이 들지 않을까, 이런저런 걱정들로 잠이 올까 싶었다.

그런데 베개에 머리가 닿자마자 곧바로 잠이 들었다. 늘 자던 시간도 아니고 인생 최대의 위기가 닥쳤는데도 남경희는, 잤다. 마치 오래 묵은 잠 같았다. 남경희의 잠은 깊고 고요하고 까맸으며 소리 없는 비명 같았다. 남경희가 자는 동안 소나기가 쏟아졌다. 계절로 보자면 드문 일이었다. 한여름 장맛비처럼 굵은 빗줄기가 요란하게 퍼부었다. 천둥과 번개도 동반되었다. 그 또한 더없이 요란했다.

그래도 남경희는 잤다. 잠 속에서 남경희는 아무 소리도 듣지 못했고 아무것도 보지 못했다. 남경희가 잔 것이 아니라 잠이 남경희를 품에 끌어안고 놓아주지 않는 것처럼 잠 바깥의 세계가 저물고 어두워지고 시끄럽고, 까만 하늘을 찢어발기는 번개가 번쩍이는 것도 알지 못했다.

남경희가 잠에서 깬 건 역시 배가 아파서였다.

우르릉. 콰쾅.

천둥소리는 남경희의 장에서 우렁차게 울렸다. 잠에서 깬 남경희는 빗소리가 나길래 천둥소리인 줄 알았다. 그러다 장이 꼬이는 듯 아프면서 자신의 배에서 나는 소리인 줄 알았다. 확인해보니 새벽 한 시가 가까운 시각. 박병호가 늦은 밤에 돌아와 잠든지 얼마 되지 않았을 터였다.

남경희는 맨발로 바닥을 디뎠다. 매끄러운 마룻바닥의 감촉이 서늘했다. 소리 나지 않도록 까치발로 조용히 걸었다. 설사가 급했지만 박병호의 단잠을 깨울 필요는 없었다. 거실 건너편을 보니 박병호가 잠들었을 방문 틈으로 희미한 빛이 새어 나왔다. 아직 안 자나? 확인하려다 화장실 먼저 들르기로 했다. 그리고막, 화장실 쪽으로 걸음을 뗐을 때.

보았다. 박병호를. 현관 앞에서. 남경희는 헉, 숨을 들이쉰 채그대로 멈췄다. 숨조차 쉴 수 없어서였다.

—생각해보면 하이힐은 뭔가 목적이 있는 신발 같아요. 왜 하이힐을 신는지 스스로 선명하게 알게 되거든요.

윤찬경은 다양한 스타일의 구두를 여러 켤레 남경희의 발 앞에 내려놓으며 이렇게 떠보았다. 어떤 의도로 쏠라즈에 온 것인지를 파악하는 것이 윤찬경이 가장 먼저 해야 할 일이었으니까. 고객의 목적에 부합하는 구두를 찾아내는 것이 윤찬경의 일이니까. 윤찬경은 바이올렛 벨벳 소파에 앉아 있는 남경희를 올려다보았다. 아무 대답이 없었기 때문이었다. 남경희는 골똘한 표정으로 테이블을 보고 있었다. 윤찬경은 의아해서 남경희의 시선을 따라가 보았다.

─앗.

윤찬경이 화들짝 놀랐다. 내가 이렇게 부주의하다니. 윤찬경은 자책하며 벌떡 일어났다. 남경희는 동요 없이 계속 보고 있었다.

─죄송합니다. 고객님.

개미. 작고 까만 개미들이었다. 개미 떼는 테이블 위에 놓인 쿠키 접시에 새까맣게 달라붙어 있었다. 윤찬경이 부주의하게도 이전 예약 고객에게 서비스로 냈던 쿠키 접시를 치우지 않은 때문이었다. 테이블 다리를 타고 개미들이 정해진 길을 따라 오르내렸다. 청결하고 세련되고 항상 향기가 가득한 공간에 어디서 개미 떼가 들어온 걸까.

─지금 곧 치우고 다시 청결한 실내를 유지할 수 있도록 청소할 시간 동안 잠시 쉬고 계시겠습니까?

허둥지둥 호들갑 떠는 윤찬경과 달리 남경희는 마치 개미를 처음 본다는 듯 신기하다는 표정으로 살짝 미소를 짓고 있었다.

　—개미를 마치 꽃을 보듯 보시네요.

　—이 매장 한중간에 갑자기 저 많은 개미들이 어디로 들어온 걸까 신기해서요. 틈이 있나 봐요.

　남경희가 미소 지었다. 미소 짓는 남경희를 보고 윤찬경이 따라 웃었다.

　—쏠라즈에 그런 게 있는 줄 몰랐어요. 그런데, 틈이 반가우신가 봐요.

　—숨 쉴 구멍 같은 느낌이랄까.

　윤찬경은 남경희를 다시 한 번 살폈다. 숨 쉴 구멍이라. 누구에게나 그런 게 필요하겠지. 남경희는 그 구멍을 찾는 심정으로 쏠라즈에 온 걸까. 윤찬경은 생각하면서 남경희를 다른 소파에 앉도록 한 다음 서둘러 쿠키 접시를 치우고 개미 떼를 쫓았다.

　남경희가 침착하고 차분하게 일처리를 하는 윤찬경과 개미 떼를 번갈아 보았다. 윤찬경은 남경희를 한번 돌아본 뒤 물걸레로 개미 떼를 훔치려다 말고 결이 고운 빗자루를 가져다 부드럽게 쓸어 쏠라즈 바깥에 내려놓았다. 고객이 꽃을 보듯 보고 있던 개미 떼 아니던가.

그 사려 깊음에 남경희는 마침내, 선글라스를 벗고 윤찬경을 건너다보았다. 윤찬경은 조용하지만 빠르게 청소를 끝내고 어느새 향기로운 차를 끓여 와 남경희에게 내어주었다.

—차향이 그윽하고 구수하네요.

—꾸지뽕 열매 차인데요, 지리산 밑에 있는 제다 집에서 아홉 번 덖어 만든 거예요. 신경안정이나 심장에 좋고 특히 장에 좋은 효과를 보이죠.

윤찬경의 말이 끝나기 무섭게 남경희가 큰 소리로 웃었다. 윤찬경은 왜 웃는지 궁금했지만 묻지 않고 그저 미소 지었다. 남경희는 웃다가 눈물까지 찔끔 흘렸다. 윤찬경은 당황하는 기색 없이 남경희의 웃음이 그칠 때까지 기다려주었다. 그저 꾸지뽕 열매 차의 무엇이 개미 떼와 같은 역할을 한 것인가 보다, 짐작할 따름이었다. 그리고 좀 더 남경희에게 흥미가 생겼다.

한참이 지나고 나서야 골라 온 구두 중 한 켤레를 남경희에게 보여주었다. 첫 구두는 7센티 굽에 심플한 스타일의 초록색 에나멜 펌프스였다.

—남편이 좋아할까…….

남경희가 작은 소리로 중얼거렸다. 윤찬경이 듣기를 원한 건지 아닌지 헷갈렸지만 윤찬경은 알아들었다.

이별이 아니라, 사랑이구나.

사랑이라니.

오랜만의 일인 것 같았다. 심지어 남편이라지 않는가. 어떤 목적으로든 하이힐에 남편이 관련된 경우는 별로 없다. 아니 거의 없다. 윤찬경은 그 대목에서 마음이 움직였다. 남편과의 사랑을 위해 고르는 하이힐이라니. 쏠라즈의 영역에서 이토록 낭만적이고 낯선 일이 몇 번이나 일어나겠는가. 그리고 일단 초록색 펌프스가 남경희가 원하는 스타일이 아니라는 것도 확실하고. 윤찬경은 머릿속으로 수위가 좀 더 센 하이힐을 떠올리면서 남경희가 소화할 수 있을지 가능성을 따져보았다.

—고객님, 마음에 드는 구두가 있으시면 제가 사과의 뜻으로 한 켤레 선물해드려도 될까요?

—선물이요?

—네. 쏠라즈에서는 굉장히 드문 일이거든요.

윤찬경이 작게 웃었다.

—뭐가요? 제가요?

남경희는 알아듣지 못했지만 윤찬경의 웃음이 선의 혹은 친밀감 또는 연대감 등으로 느껴졌다.

—개미 떼로 불편을 드렸으니 당연히 제가 사과드려야 할 일

이니까요.

—그렇다면…… 음…… 실내에서도 신을 수 있는 하이힐을 보고 싶어요.

윤찬경은 담백하게 미소 지으며 고개를 끄덕였다. 오지랖 넓다는 오해를 피하면서 고객을 배려하는 윤찬경의 노하우였다. 남경희는 꾸지뽕 열매 차를 한 모금 마셨다. 부드럽고 구수한 차는 마음을 따뜻하게 해주었다. 무엇보다 정말 장에 좋을까, 생각하니 저도 모르게 웃음이 또 났다.

비는 여전히 요란했다. 태풍이라도 올 것 같은 기세였다. 번개가 번쩍이고 천둥이 쳤다. 그 찰나의 순간에 박병호의 등이 보였다. 집 안은 어둡고 고요했다. 빗소리만 깨어 있었다.

남경희는 손으로 입을 틀어막았다. 그러지 않으면 무슨 소리가 튀어나올지 몰랐다. 어떤 상황인 건지 알아차리는 데 한참의 시간이 흐른 것 같았지만 실은 1초? 2초? 정도. 박병호가 현관 앞에 쪼그려 앉아 있었다. 등을 웅크린 채 무언가에 열중해 있었다. 남경희는 집 안의 어둠 속에 숨었다. 그리고 보았다.

박병호는 냄새를 맡고 있었다. 박병호가 손에 들고 있는 건 남경희의 구두. 그리고 한 손은, 사타구니쯤에 가 있었다.

우르릉. 콰쾅.

이번엔 천둥소리였다. 설사는? 거짓말처럼 남경희의 장은 움직임을 멈춘 듯했다. 당장이라도 몸 밖으로 튀어나오려고 아우성이던 설사는 어느새 잠잠해졌다. '장은 감정이 있는 기관이며 뇌와 소통하는 신경을 가지고 있고 뇌의 생각, 욕망, 지각에 반응한다'는 말은 과연 진실이었구나. 남경희는 가장 먼저 감정이 있는 신경 기관인 장에게 감사했다. 박병호가 남경희의 구두를 끌어안고 자위를 하고 있는 이 순간에 갑자기 설사가 쏟아져 박병호를 제치고 화장실로 뛰어 들어가야 하는 상황이 발생한다면 그건, 남경희와 박병호 둘 다에게 치명적인 일이 될 테니까.

처음에 남경희는 박병호가 눈치채지 않도록 조용히 방으로 돌아가려 했다. 남경희와 박병호 두 사람 모두를 위해 모르는 척하는 게 맞다고 판단했다. 그렇게 서로가 비밀을 갖고 살아가는 것쯤, 어려운 일이 아니라고 말이다. 그래서 조용히 발을 뗐다. 까치발을 들고 뒤돌아서려는 순간, 박병호가 뒤를 돌아보았다. 남경희와 박병호의 눈이 마주쳤다.

어떡해야 하지?

대체 어쩌면 좋지?

남경희는 어쩔 줄 몰랐다. 박병호는 입을 딱 벌린 채 꼼짝 못

하고 그대로 굳어버렸다. 그렇게 남경희와 박병호의 대치 상황.

찰나의 순간.

비가 오고 천둥이 치고 벼락이 번쩍.

어떻게 인생 최대의 위기가 연달아 두 번씩이나 온단 말인가. 부모에게 크게 불효한 적 없고 어렵다는 공기업에 입사해 성실하게 일해 왔고 남편과 아이를 살뜰하게 보살폈다고 자부할 수는 없지만 아이는 바르게 자랐고 남편은 사회적으로 덕망 있는 인사이지 않은가.

남경희는 그 순간에 지독한 절망감을 맛보았다. 남경희의 삶은 공부, 돈 벌기, 책임, 혼란, 과실, 패배들을 헤쳐 나가며 지금껏 이어졌다. 그런데 지금, 지독한 폭풍이 남경희를 향해 밀려오고 있지 않은가. 그것은 강력한 흡인력으로 남경희의 삶 전체를 자기 속으로 탐욕스럽게 끌어들이고 있었다.

무엇이 어디부터 잘못된 것일까. 나는 박병호와 이혼이라도 해야 하는 걸까. 평소 박병호의 자존심으로 볼 때 이 상황은 충분히 이혼 사유가 될 수 있을 것이다. 그러면 아이에게는 또 뭐라 설명할 수 있단 말인가. 아빠가 엄마 구두 속에 코를 박고 킁킁거리며 자위하다가 엄마에게 딱 걸려서 이혼할 수밖에 없노라, 고 사실대로 말할 수는 없는 노릇이지 않은가.

주변에는 성격 차이로 갈라설 수밖에 없었다고 변명을 하겠지. 박병호 성격에 이런 까닭으로 이혼당하고 나면 과연 그 자괴감을 견딜 수 있을까. 혹시 무슨 험하고 독한 마음이라도 품게 되는 건 아닐까. 그래서 견디다 못해 스스로 자해라도 한다면? 그러면 나는 또 그 죄책감을 어찌 견뎌낼 것인가? 성실하게 살던 사람이 고작 구두로 자위했다는 것 때문에 인생을 끝장내도록 만들었다는 그 무서운 진실을 감당할 수 있을까.

별별 생각이 다 들었다. 그 짧은 순간에. 차분해지자. 생각을 하자. 컴 다운. 남경희는 표 나지 않게 심호흡했다. 남경희 인생 최대의 위기였다. 이 위기를 잘 넘기지 못한다면 인생은 완전히 뒤집어지겠지. 남경희는 죽을힘으로 차분하게 마음을 가라앉히고 생각했다.

회사에서 이미 한 번 큰일을 겪었고 이것이 두 번째다. 두 가지 모두 엄청난 일이지만 둘 사이에는 분명한 차이점이 있다. 사장이 파면되어 졸지에 끈 떨어진 연 신세가 된 것은 남경희로서는 어찌해볼 수 없는 불가항력이다. 하지만 이 일은 다르다. 남경희가 어떤 선택을 하느냐에 따라 일의 추이가 충분히 달라질 수 있지 않겠는가.

남경희는 박병호의 행각을 목격한 바로 지금이 생의 결정적

순간이라는 것을 직감적으로 알아차렸다. 그러므로 선택은 신중해야 했다. 다시는 되돌릴 수 없을 테니까.

남경희가 생각한 선택지는 두 가지였다.

첫째, 비명을 지른다.

악. 때마침 천둥과 번개가 번쩍, 우르릉, 하겠지.

당신 지금 뭐 하는 거야? 그거 내 구두야? 내 구두로 뭐 하고 있는 거냐고. 당신 그런 사람이었어? 원래 변태였어? 그런데 그 걸 여태 숨기고 나를 속여왔던 거야? 당신이 어떻게 나한테 그럴 수 있어? 나하고 애한테 부끄럽지도 않아? 교수씩이나 되는 사람이, 방송에 나와서 사람들의 잘잘못을 그렇게 또박또박 지적 해대는 사람이, 알고 보니 변태다? 이 사실을 사람들이 알게 되면 뭐라고 할까. 아니, 그 전에 분명히 해둬야지. 대체 언제부터 그랬던 거야? 나하고 결혼하기 전부터 쭉 그래왔던 거야? 그런데 숨기고 세상 바르고 모범적인 사람인 척 모두를 속였던 거야?

다시 한 번 말하지만 그러한 상상 또한 찰나의 순간이었다. 남경희는 첫 번째 선택을 할 경우, 그다음엔 일이 어떻게 돌아가게 될는지에 대해 더 상상했다.

─고객님?

―아, 네. 뭐라고 하셨죠?

남경희가 작게 하아, 숨을 내뱉고 윤찬경을 올려다보았다.

―좀 다른 스타일의 구두를 골라보았습니다.

윤찬경이 서너 켤레의 구두를 남경희의 발아래 내려놓았다. 남경희는 초록색 펌프스를 옆으로 두고 맨발을 드러내 새 구두를 신어보았다.

―뮬이에요. 뒤쪽이 오픈되어 있는 슬리퍼 스타일이어서 실내용으로 고객님들께 권하는 스타일이죠.

10센티의 가느다란 굽에 블루 계열 색깔의 스웨이드 재질이었다. 파란색인데 평범한 파란색은 아니었다. 청록색? 에메랄드 블루? 무엇과도 비슷하지 않았다. 미디엄이지만 생생하고 적당히 윤기가 돌며 확실히 대담한 색깔이었다. 하늘과 바다 사이 어딘가. 한마디로, 은근히 튀었다.

남경희는 매혹되었다. 앞코에 둥근 모양의 털 장식이 세팅되어 있는 디자인에 저도 모르게 박병호 앞에서 그 구두를 신는 장면을 상상했다. 맨발을 드러내 바닥을 딛고 서너 걸음 걷다가 구두의 터진 부분에 발을 쑥 밀어 넣는 상상. 또각거리며 걸을 때마다 구두의 털 장식이 하르르, 떨리겠지.

생각해보니 날카로운 뒷굽 소리를 내며 긴장감을 불러일으키기에 가장 적합한 신발은 하이힐이었다. 이 구두를 신으면 어떻게 해야 스스로 가장 돋보이는지 저절로 알게 될 것 같았다. 남경희는 아직 신지 않고 천천히 구두를 보았다.

윤찬경은 '완벽한 사랑을 꿈꾸게 되죠. 이런 힐을 신게 되면요'라는 말은 하지 않았다. 대신 드러난 남경희의 맨발을 보았다. 힐을 신는 사람이라면 누구나 안다. 화려한 힐에는 그에 맞는 애티튜드가 필요하단 것. 남경희의 발뒤꿈치는 말끔하게 각질이 제거되어 있었다. 하지만 오래 몸에 들인 습관으로 발 관리를 한 것이라기엔 윤기가 떨어졌다. 그러니까 최근에 각질제거를 하고 서툴게 보습 크림을 듬뿍 바른 것일 테지. 채도 높은 붉은색 페디큐어도 어제 갓 새로 한 것인 듯, 발가락 끝에 붉은 에나멜 흔적이 남아 있었다. 남경희에게 최근에 변화가 생긴 것이다.

힐은 많은 경우 경계를 만든다. 또한 동시에 때로 힐은 경계를 무너뜨리는 도구가 되기도 한다. 그것이 윤찬경이 생각하는 힐의 흥미로운 점이다. 남경희가 원하는 스타일에 가까워질수록 남경희가 가진 경계도 무너질 것이다.

─꽃에도 각각 꽃말이 있잖아요. 구두도 그래요. 뮬에는 어떤 구둣말이 있는지 아세요?

─구둣말이요?

남경희가 살짝 상기된 표정으로 물었다.

─꽃은 꽃말, 구두는 구둣말.

─이 툴의 구둣말은 뭔데요?

남경희가 살짝 웃으며 말했다.

─등 뒤의 관심. 나를 따라오세요.

─뒤가 열려 있어서요?

남경희가 말하면서 유쾌하게 웃었다. 물론 구두에 구둣말 같
은 건 없다. 윤찬경은 남경희를 따라 작게 웃었다.

─저건 뭐죠?

한참 웃다가 좀 무안한 기분이어서 남경희는 짐짓 쇼룸을 둘
러보다 그중 한 소품을 보며 물었다. 손가락을 들어 가리키며 묻
는 남경희의 어투는 어느새 친근함이 느껴지기도 했다. 남경희
는 쇼룸 한쪽에 놓인 커다란 항아리를 보고 있었다. 호리병 모양
으로 가운데가 잘록하게 들어간 항아리에는 기다란 깃털이 서
너 개 꽂혀 있었다. 깃털은 암녹색과 짙은 다홍, 보라 등으로 염
색되어 있었는데 매우 부드러워 보였다.

─발 간질이개예요.

뭐 눈에는 뭐만 보인다더니 하필……. 그리 생각하면서도 남
경희는 저 부드러운 깃털로 발바닥을 간질이면 어떤 기분일까

상상해보았다.

—저것이 무엇인지 물은 건 고객님이 처음이세요. 좀 더 설명해드릴까요?

아, 네…… 하고 하마터면 솔직하게 대답할 뻔했다. 남경희는 어떻게 대답해야 자연스럽고 촌스럽지 않을까 잠깐 고민했다.

—설명보다는 상상이 훨씬 더 좋겠는데요.

세련된 대답이었어, 라고 속으로 끄덕였다. 그러다 이것도 솔직한 대답이잖아? 싶어 머쓱한 기분이기도 했고. 남경희는 괜스레 쑥스러우면서도 기분이 좋아졌다.

윤찬경이 설명하려던 내용은 이러했다.

……발에는 1평방인치당 수천 개의 민감한 말초신경이 모여 있는데 이는 신체의 어느 부위보다도 조밀한 것이다. 따라서 발은 신체 부위 중 가장 민감한 감각기관이기 때문에 관능적인 의사소통을 하려는 욕구와 능력이 엄청나다. 역사를 통틀어 발이 성적 기관이 아니었던 적이 없다. 중국의 전족에 대한 기록을 보면 여성의 발이 작을수록 질의 주름이 더 많고, 발이 작을수록 성적 충동이 더 강하다. 발은 매달려 있는 부속기관이고 신체의 다른 부위에 의존하는 기관이며 또 신발 속으로 쏙 들어간다. 그런 까닭으로 발은 원시 시절부터 남근의 상징이었다. 따라서 신발

이나 슬리퍼는 자연스럽게 음문의 상징이 되었다. 신발에는 터진 부분, 혹은 구멍이 있고 때로 그 주위에 털이나 그와 유사한 장식이 있을 때도 있다. 이 구멍에 발이 들어가 채워지는 것이다. 그러므로 음문에 페니스가 들어가는 것과 유사하다. 인간은 누워서 혹은 서서 서로 마주 보는 자세로 섹스를 할 수 있는데 이런 인간만의 체위가 가능한 것은 인간에게 두 발이 있기 때문이다.

쏠라즈의 한 고객은 일주일에 두세 번 자신의 발바닥과 발가락을 사료로 도배한다. 그런 다음 두 마리의 포메라니안 애완견을 불러 그 사료를 핥아먹게 한다. '그건 나를 성적 흥분으로 몰고 가요. 내 발을 간질이는 그 감각이 말이에요. 나는 거의 언제나 오르가슴을 느껴요. 때로 개들이 내 발을 핥는 동안 자위를 하기도 해요.'

윤찬경은 남경희에게 말하기에 아직은 수위가 높을 거라고 짐작했다. 다만 남경희의 망설임과 주저하는 마음을 줄여주기로 했다.

—페티시 쪽 구두 한번 구경해보시겠어요?

윤찬경이 담백하고 심상한 투로 말했다.

—네? 아, 페티시……. 그런 것도 있어요?

—쏠라즈에는 간혹 남자분들도 오시거든요. 여자 친구나 아

내를 위한 구두를 고르시는 분들도 있고 스스로를 위한 구두를 고르시는 분들도 계세요.

구두와 섹스를 따로 떨어뜨려 생각한다는 것은 불가능하다는 말은 하지 않았다.

—남자들이 여기에 온다고요?

남경희는 그들의 용기와 스스로에 대한 솔직함에 진심으로 놀랐다.

—쏠라즈는 아무런 제한도 구분도 없으니까요. 구두를 사려는 사람과 팔려는 사람만 있을 뿐이죠. 성별 나이 지위 등등, 여기서는 아무것도 필요 없어요. 나에게 어울리는 구두를 찾을 수 있을지의 문제만 있을 뿐이죠.

차분하고 일상적인 윤찬경의 태도가 몹시 인상적이었다. 꾸밈없는 담담한 말투가 벽을 문으로 만드는 뛰어난 무기가 된다는 사실이 새삼스러웠다. 남경희는 문득 윤찬경이 개미 떼 같다고 생각했다. 틈이랄까. 틈이 있어야 팽팽했던 것들이 잠시 헐렁해지기도 하고 숨을 고를 시간도 생기겠지. 경계에 놓인 틈. 역시 할까 말까 망설이는 일은 해보는 편이 나은 거야. 남경희는 쏠라즈에 오기로 한 건 꽤 잘한 일이라고 스스로 끄덕였다.

—잠시만 계시면 제가 구두를 골라 오겠습니다.

그날, 남경희가 선택의 기로에 놓여 있던 바로 그때도 말하자면 일종의 틈이 벌어졌던 순간이었는지도 모른다. 남경희가 두가지 선택지를 두고 각각의 선택을 했을 때 일이 어떻게 흘러갈지 상상하고 예상해보았던 까닭은 그 선택의 결과에 따라 자신의 생이 완전히 달라질 것을 직감했기 때문이었다. 그런 깨달음은 생을 충분히 살아온 시간의 결과이기도 했고 동시에 사장의 파면에서 얻은 교훈이기도 했다. 어느 쪽이든 이미 남경희의 삶은 그 순간 이전으로 돌아갈 수는 없을 거란 걸 알았다.

다시 말하지만 그 선택의 순간은 찰나에 불과했다. 짧으면 10초? 길면 1분? 남경희는 첫 번째 선택을 했을 경우 자신에게 어떤 일들이 닥쳐올지 충분히 예상해보았다. 그렇다면 나머지 두 번째 선택은?

남경희는 놀라 딱 벌어진 입으로 여전히 아무 말도 못 하고 있는 박병호를 바라보았다. 비가 그치지 않고 요란했다. 번개가 번쩍, 어두운 공간을 빛으로 찢어놓았다. 그 섬광에 비친 박병호의 눈빛은 내 인생은 여기서 끝났구나, 하는 뜻으로 읽혔다.

남경희는 두 번째 선택을 두고 그 이후에 벌어질 일을 예상해보았다. 이상한 건, 첫 번째 예상이 서사였다면 두 번째 예상은 한 장면이란 거였다. 그 장면은 매우 구체적이고 사실적이며 몹시, 적나라했다. 흡. 남경희는 숨을 몰아쉬었다. 저절로 그렇게 되었다. 언제부터 그랬나 싶게 온몸의 모든 부위가 갑자기 제각각 움직이려고 했다.

남경희는 당황했다. 그것이 어떤 감각인지 알았기 때문이었다. 알고 나자 감각과 감정이 총알이 튕겨 오르듯 빨리 자랐다. 또 한 번 번개가 번쩍였을 때 비춘 것은, 남경희의 실루엣이었다. 헐렁한 면 원피스 안에 달랑 팬티 한 장만 걸친 알몸. 실제로 그랬는지는 알 수 없으나 남경희는 그렇게 느꼈다. 박병호가 뚫어져라 보고 있는 것은 번개 빛에 드러난 자신의 몸이라고.

문득 낮에 먹었던 미꾸라지가 떠올랐다. 죽어 탕 속에 누워 있던 것 말고 추어탕을 먹으며 상상했던 살아서 팔딱대는 미꾸라지 말이다. 미끈하고 요염한 몸체에 손으로 잡을라치면 이리저리 쏙쏙 빠져나가 애간장 태우며 집중하게 만드는 그 움직임. 남경희는 그렇게 움직이는 자신을 상상했다. 저절로 그렇게 되었다.

박병호를 보았다. 바지춤이 열린 채 자신의 구두를 껴안고 겁에 질려 벌벌 떨고 있는 한 남자. 남편이고 아빠인 박병호 말고. 남녀 관계는 오래전에 끝났고 이젠 가족 관계만 남았다고 생각했는데.

남경희는 자신의 몸이 움찔거리는 것을 느꼈다. 단지 상상만
했을 뿐인데 그랬다. 뭐랄까. 갑자기 섹시해진 것 같달까. 남경희
는 천천히 박병호를 향해 걸었다. 차가운 바닥의 감촉이 남경희
의 맨발을 자극했다. 박병호를 향해 걸으며 남경희는 계속해서
박병호의 눈을 보았다. 박병호는 올 것이 왔구나, 의 표정으로 허
공을 보고 있었다. 어차피 허공에다 대고 떠들어대다 죽는 게 인
생이야. 문득 남경희는 속으로 그런 말을 중얼거렸다.

마침내 남경희가 박병호 앞에 섰다. 깊은 밤에 차가운 비가 내
리고 있어 몸에 소름이 돋았다. 남경희는 느리게 움직였다. 천천
히 손을 뻗어 박병호 손에 들린 구두를 거뒀다. 그리고 손에 든 자
신의 구두를 보았다. 5센티 정도 굽의 무늬 없는 검은색 구두. 오
래 신은 거였다. 앞코에는 주름이 지고 뒷굽은 여기저기 긁히고
상처 입은 자국이 선명했다. 안쪽은 때가 타 까맣게 닳아 있었다.

언제 이렇게 낡았나.

자신의 낡은 구두를 그렇게 들여다보기는 처음이었다. 박병
호는 하필 왜 이 구두를 택했을까. 신발장 안에 얼마 전에 새로
장만한 값비싼 새 구두도 있는데. 부드러운 송아지 가죽에 색깔
도 훨씬 화려한데. 하지만 남경희는 신발장을 열고 새 구두를 꺼

내지 않았다. 남경희는 천천히, 구두를 신었다. 구두를 신고 거실 바닥을 딛기도 처음이었다. 그리고 한 번 더 망설였다. 박병호가 남경희를 보고 있었다. 남경희는 마침내 입고 있던 헐렁한 원피스를 벗었다. 싸늘한 공기에 돋아난 소름이 한층 더, 솟아올랐다.

　—춥다. 만져줘.

이윽고 남경희는 자신이 두 번째 선택을 했음을 그렇게 박병호에게 알려주었다.

딴 여자 구두 들고 냄새 맡는 것보단 낫잖아.

그 밤이 지나고 눈을 떴을 때 남경희에게 가장 먼저 든 생각이었다. 박병호는 자고 있었다. 남경희 옆에서. 남경희는 어느새 설사가 멎었다는 걸 알아차렸다. 정로환 한 통을 먹어도 줄줄 쏟아지던 설사였다. 그리고 설사를 다 배출했을 때보다, 그 어느 때보다 개운했다.

남경희는 늘어지게 기지개를 켰다. 그 소리에 박병호가 눈을 떠 남경희를 보았다. 둘은 서로 마주 보고 미소 지었다. 침대에 나란히 누워서 아침 풍경을 보기도 하고.

이상했다. 늘 분주하고 경황없는 아침 시간이었는데 모든 것이 멈춘 듯했다. 멈춰서 쳐다보니 모든 게 달라 보였다. 집 안 곳

곳이 엉망인 것이 생각났다. 마지막으로 대청소를 한 게 언제였더라. 커튼도 한번 빨아야겠다고 마음먹은 것이 벌써 반년 전인데. 지금 보니 침구도 여태 겨울용이었다. 남경희 스스로는 또 어떤가. 미용실에 간 지 1년이 다 돼가지 않는가. 허리 사이즈가 얼마나 늘었는지 체크해본 지도 한참 전이다. 박병호가 밖에서 점심으로 어떤 메뉴를 먹었는지 물어본 지도 몇 달 전이었다. 그것도 물어본 기억은 있는데 뭐라 답했는지 떠오르지 않는 걸로 봐서 남경희 혼자 물어봤다고 착각한 것일 수도 있었다.

그렇게 살았구나. 웃음이 났는데, 슬펐다. 멈춰서 보니까 모든 게 다 이상했다. '우리는 이사 갈 때가 되어야 비로소 여기저기 우리 물건이 얼마나 많은지를 알게 된다'고 누가 그랬더라. 하마터면 이사 갈 뻔했잖아. 남경희는 속으로 웃었다. 그랬는데 박병호가 따라 웃었다. 그리고 곧 둘 다 깔깔 웃었다.

문득 어느 책에서 읽은 구절이 생각났다. '사랑이 지나치게 적나라해지면 그 사랑은 빛과 아름다움을 잃게 된다. 사랑은 확대된 시야로 상처를 아름답게 바라볼 수 있는 거리감을 유지해야 한다. 꽃을 보라. 아름다움을 향유하려면 적당한 거리를 두고 보아야 한다. 가까이 들여다보면 거기 낀 벌레와 징그럽게 생긴 수술이 보이고 거기서 흩어지는 가루는 재채기를 일으키고 심하면 알레르기로 죽음에 이를 수도 있다'고 했다. 혹시 박병호도 그런 쪽의 이유로 내게 말하지 않았던 걸까. 인간치고 서툴고 겁 많지 않은 인간이 어디 있겠나.

'사랑은 모래 위에 지은 집. 언제나 불안하지. 끊임없이 다져 주고 보수하지 않으면 언제라도 무너질 준비가 되어 있지.'

이런 문장도 생각났다. 왜 갑자기 책 속의 문장 같은 게 떠오르는 걸까. 마치 처음 사랑에 빠지기라도 한 것처럼. 남경희는 웃었다. 유머 감각이 있는 삶이었으면 좋겠다. 웃으면서 그렇게 생각했다. 아주 예전 남경희와 박병호가 앳된 청춘이었을 때 둘이 함께 앉아 빨래를 개고 있으면 간혹 박병호가 목이 긴 흰 양말의 입구를 양쪽 귀에 걸고 양말 끝을 손으로 들어 올렸다 내렸다 토끼 귀 흉내를 내면서 남경희를 웃겨주었다. 이젠 목이 긴 양말 대신 발등도 다 덮지 못하는 페이크 양말이 유행이어서 양말 토끼 귀를 다시 보긴 어렵겠지만. 남경희는 웃었다. 대신 구두가 있지 않은가. 둘러보니 남경희의 구두는 제 소임을 다하고 침대 발치에 쓰러져 있었다.

그날 이후 남경희는 잠자리에 들 때마다 그 구두를 신었다.

윤찬경은 신중하게 구두를 골랐다. 때로 없던 환상도 끌어내

줄 수 있는 것이 구두의 역할이라고 윤찬경은 믿었다. 환상을 품지 않고 상대를 정확하게 보게 된다는 건 사랑의 끝이니까.

구두는 메시지다. 신는 사람과 보는 사람 모두에게 그렇다. 하이힐이 존재해야 할 논리적인 이유는 없다. 기능적이거나 실리적인 가치도 없다. 하이힐은 수 세기에 걸쳐 어리석고 경박한 물건이란 까닭으로 사탄의 사악한 발명품으로 매도되었다. 하지만 그것은 지난 수 세기 동안 에로틱한 자극을 주기 위한 가장 교묘하고 가장 인기 있는 장치로 자리매김해왔다.[1]

윤찬경은 남경희가 원하거나 혹은 원하지만 자신이 원한다는 것을 아직 알아채지 못할 것 같은 스타일의 구두를 골랐다. 순전히 짐작이었지만 구두 파는 일을 꽤 오래하다 보니 고객의 취향에 맞추는 일쯤은 감각적으로 알게 되었다.

—이런 스타일은 어떠실까요?

윤찬경이 골라 온 구두를 보고 남경희는 여러 가지 감정을 동시에 느꼈다. 우선 윤찬경의 대담함과 정확한 감각과 프로 정신에 깜짝 놀랐다. 그다음엔 실제로 이런 구두가 존재하는구나, 싶은 생각이 들었는데 그것이 세상 참 넓고 나는 아직 세상과 삶에

1. 윌리엄 로시, 『에로틱한 발』, 이종인 옮김, 그린비, 2002 참고.

대해 충분히 아는 것은 아니구나, 하는 깨달음에까지 이르렀으며, 어쩌면 지금껏 선입견이나 편견에 둘러싸여 스스로 경계 짓는 편협한 삶을 살았구나, 하는 반성에 가까운 반추까지 하게 되었다. 구두를 보면서 그런 생각을 할 수 있다는 것이 놀라웠다. 남경희는 구두를 천천히 보았다. 무엇보다, 예뻤다.

윤찬경이 골라 온 구두를 보고도 크게 당황하지 않을 수 있었던 데는 나름의 까닭이 있었다. 남경희는 엘리트 모범생으로 살았다. 이슈가 생기면 정보 챙기고 공부하는 건 오랜 시간을 두고 몸에 밴 습관이다. 지피지기면 백전백승.

박병호와 길고도 짧은 밤을 보내고 나서 남경희는 난생처음 페티시즘에 대해 관심을 두었다. 드러내놓고 말하기 민망한 온갖 소품들 중 구두는 일반적이고 대중적인 페티시였다.

……신발을 혀로 핥거나, 냄새를 맡으며 쾌감을 얻는다. 이들 중 양말 및 스타킹 페티시 성향도 갖고 있는 사람의 경우, 신고 있던 이성의 신발을 벗기고 발을 주무르거나 발 냄새를 맡으며 쾌감을 얻는다. 심지어 냄새나고 더러워진 구두를 골동품마냥 고가에 경매로 거래하기도 한다. 해외에서도 신발 페티시의 수요는 많은데, 영미권에서는 신발과 발을 연계한 것을 '슈플레이

shoeplay'라고 한다.

남경희는 안도했다. 박병호는 그저 남경희의 구두를 좋아하는 것뿐이잖은가.

—예뻐요. 실은 파티용 구두를 고르고 싶었거든요.

남경희는 윤찬경이 골라 온 구두를 진심으로 칭찬했다.

—어떤 좋은 일인지 알 수 없지만 예쁘다고 하시니 다행입니다.

사실이었다. 남경희는 오늘 밤 박병호와 단둘이 축하 파티를 하기로 했다. 아마도 남경희는 몸에 오직 새 하이힐만 장착한 채로 박병호와 은밀한 시간을 보내게 되겠지. 과거에는 상상도 해보지 않았던 그 낯선 경험이 이후의 삶에 새로운 물꼬를 터주리라는 것을 남경희는 알았다. 뭐랄까. 생의 반경이 넓어지고 그 테두리가 모호해지며 딱딱한 돌처럼 굳어가던 삶이 말랑한 스펀지처럼 흡수력과 적응력이 넓고 깊게 확장되어 스스로와 세상의 진실을 좀 더 담백하게 받아들일 수 있게 될 거라는 짐작.

—제가 승진했거든요.

그 또한 사실이었다. 사정은 이랬다. 파면된 사장이 회사를 떠나면서 남경희의 책임감과 뛰어난 업무 수행 능력에 대해 회사에 적극 어필했다. 그리고 불명예스럽게 회사를 떠나면서도 부

하 직원을 챙기는 진심 어린 마음이 회사 인사권자에게 감동을
주었다. 그러잖아도 파면된 사장에 대해 모두들 연민의 마음이
었던 까닭이 컸다. 따지고 보면 남매간의 우애 때문이잖은가. 공
기업 최초의 여사장으로 부임해 회사 내의 적폐를 걷어내고 혁
신하는 데 누구보다 열성적이었던 사장이었다.

남경희는 승진 사실을 알았을 때 역시 옛말엔 다 그만한 이유
가 있어, 인생 최대 위기라 생각했는데 새로운 기회가 되다니, 생
각했다. 동시에 또 하나의 전화위복, 구두를 신고 박병호와 보냈
던 밤이 떠올라 얼굴이 붉어졌다. 그걸 보고 직원들이 그동안 마
음고생 많으셨나 보다, 며 더욱 축하해주었다.

윤찬경이 골라 온 구두는 세 켤레였다.

첫 번째는 10센티 굽의 뮬. 굽 부분에 정교한 나비 문양이 들
어가 있어 우아했다.

—뒤꿈치 부분이 없는 뮬은 처음에는 침실에서 신는 실내화
용으로 쓰였다고 해요. 그걸 루이 14세가 더욱 화려하게 만들었
고요. 실내 파티용으로 무난한 스타일이에요.

구두는 상상이다. 남경희는 그렇게 생각했다. 침대에 누워 그
뮬을 신고 있는 모습이 저절로 상상되었으니까.

─두 번째는 힐리스 힐이에요. 말 그대로 뒷굽이 없는 힐이죠. 이 구두는 신고 걷는 것은 불가능하고 주로 침대에 누워 있을 때 착용하는 경우가 많아요.[2]

─세 번째는 평범한데요?

남경희가 웃었다.

─신어보시면 알아요.

윤찬경도 웃었다. 남경희가 세 번째 구두를 신었다. 발목에 스트랩이 달린 갓 피어난 장미 색깔의 하이힐이었다.

─앗. 사이즈를 잘못 가져오셨어요. 너무 꽉 껴요.

─제대로 가져왔네요. 한번 걸어보시겠어요?

세 번째 구두는 발에 너무 꼭 끼어 절뚝거리며 걸어야 했다.

─구두끈을 더 꽉 조여보셔도 좋고요.

남경희는 그 말을 들으며 좀 더 걷다가 알았다. 온몸 구석구석에 긴장감이 퍼지면서 온몸이 꽉 조여드는 느낌. 그 불편한 긴장감이 무엇을 불러일으킬지를 또한 상상하게 되었다.

이제 남경희에게 구두는 과거의 자신을 갱신할 수 있는 것들

2. 구글에 heelless라 검색하면 뒷굽이 없는 다양한 형태의 힐을 볼 수 있다. 힐리스 힐은 1930년대부터 존재했지만 레이디 가가Lady Gaga가 일본 디자이너 노리타카 타테하나Noritaka Tatehana가 디자인한 힐리스 힐을 신은 이후로 인기를 얻게 되었다.

중 하나였다. 구두는 새로운 시도에 대한 두려움을 덜어주었으니까. 삶에 대해 너무 가볍지도, 지나치게 무겁지도 않은 태도를 가질 수 있게 되었달까. 남경희는 구두를 신고 그 중간쯤 어디서 서성일 수 있을 것 같았다. 계속해서 걸으며 큰 거울에 자신의 모습을 비춰 보던 남경희가 삐끗했다. 윤찬경이 부축했다.

—구두를 신는 것도 사실 연습이 필요하죠. 잘못해서 상대방 발을 굽으로 밟게 되면 그 힘이 평방인치당 2톤의 무게로 바닥을 누르는 것과 같거든요.

남경희는 허리를 똑바로 편 채 또박또박 걷는 연습을 했다. 허름하다고 생각했던 모습이 사라지고 어느새 스스로 당당하게 주변을 압도하고 있다고 느꼈다.

윤찬경이 정성 들여 구두를 포장했다.

—이 힐이 자기 임무를 다하기를 바랍니다.

윤찬경이 환한 미소로 남경희에게 구두를 건넸다. 문득 남경희는 박병호를 유혹하고 싶어졌다. 그 구두를 신고 말이다. 누군가를 유혹할 수 있는 사람이라는 사실이 스스로 뿌듯했다. 저절로 그렇게 되었다.

하이힐을 발명한 사람이 누구인지는 모르지만

모든 여성은 그에게 많은 것을 빚지고 있어요.

나를 성공의 길로 높이 들어 올려준 것은 바로 하이힐이었어요.

—마릴린 먼로

—아얏.

대문을 밀치고 들어오던 최창수가 비명을 질렀다. 임수진은
깜짝 놀라 맨발로 마당으로 내려섰다.

—개가 왜 여기 있는 거야? 묶어놓으라고 내가 말했잖아.

임수진의 집 마당에서 놀던 개 봉구가 갑작스러운 침입자에
놀라 그만 최창수의 다리를 물어버렸다. 최창수가 소리 지르자
봉구는 더욱 크게 날뛰며 최창수의 바짓가랑이를 물고 늘어졌
다. 이놈의 개새끼가, 라고 욕하면서 최창수가 봉구를 찼다. 봉구
가 깨갱, 마당 구석에 고꾸라졌다.

—넌 개 한 마리 간수도 못하니?

최창수가 임수진에게 소리 질렀다. 임수진은 어쩔 줄 몰라 피

흐르는 최창수의 다리를 붙잡았다. 최창수는 임수진을 뿌리치고는 봉구를 질질 끌고 가 쇠줄로 목을 맨 다음 발로 옆구리를 찼다. 그리고 좁은 집에 봉구를 처박아버렸다.

잔뜩 겁을 먹은 봉구가 눈알을 좌우로 굴리며 벌벌 떨었다. 차인 곳이 아픈지 낑낑거렸다. 봉구를 혼쭐낸 최창수가 험상궂은 얼굴로 임수진을 향해 돌아섰다. 개를 제대로 관리하지 못한 내 탓이야, 라고 생각하면서 임수진은 고개를 숙였다. 최창수가 마당 흙바닥에 주저앉은 임수진을 밟기라도 할 듯 다리를 크게 들어 올려 걸어오는데 걸음을 뗄 때마다 뚝, 뚝, 빨갛고 선명한 핏방울이 떨어졌다.

뚝. 뚝.

임수진은 누군가의 발에 차이기라도 한 듯 소스라쳐 잠에서 깼다. 깜짝 놀라 먼저 봉구를 찾았다. 임수진의 발치에서 잠들어 있었다. 임수진은 문득 자신의 옆구리를 쓰다듬었다. 갈비뼈에 통증이 느껴졌기 때문이었다.

툭. 툭. 하다가 뚝뚝뚝뚝뚝.

비 오는 소리가 요란했다. 핏물이 떨어지는 소리라도 들은 것처럼 임수진은 온몸에 소름이 돋고 덜덜 떨렸다. 봉구가 눈을 뜨고 임수진을 올려다보았다. 임수진은 봉구를 끌어안았다. 차츰 따뜻해졌다.

저녁 무렵부터 시작된 장맛비가 계속 이어졌다. 다시 잠이 들지 않아 뒤척였다. 이 시간에 깨어 있으면 온건한 마음을 유지하기란 어려운 일이라고 임수진은 생각했다.

밤의 시간.

빛을 비정상과 불가해의 영역으로 치부하는 밤의 시간에 깨어 다른 이들이 잠과 꿈에 취해 있을 생각을 하니, 스스로 무수한 사람들 중 하나라는 사실을 믿을 수가 없는 기분이었다.

그 사실을 복기해보기 위해, 잠들지 못하는 누군가가 또 있을 거라는 간절한 바람을 확인하기 위해 누군가에게 연락을 취하거나 이야기를 좀 나눠달라고 요청할 수가 없었다. 그것은 자신이 불행하며 건전하지 못한 어떤 감정들을 숨기고 있다는 사실을 스스로 증명하는 셈이 되니까. 소리조차 잠드는지 임수진이 일부러 만드는 소리 말고는 세상이 죽었다고 믿어도 좋을 만큼 조용했다.

그리하여 임수진은 스스로에게 말을 거는 수밖에 없었는데 돌아온 것은 지독한 외로움과 아물었을 거라 짐작한 상처가 벌어져 거기서 흐르는 고통의 고름뿐이었다. 임수진은 맨발 위에 자신의 눈물을 올려놓고 어둔 바닥을 걸었다. 마치 금속성의 파편 위인 듯 걸을 때마다 쨍, 하는 소리가 심장을 찔러 그만 소스라치게 놀라서는 입이 없는 비명을 질렀다.

임수진은 서울 북촌의 한옥에서 살았다. 4년 전 그 집에서 아버지와 사별한 뒤 심한 우울증에 시달리던 어머니는 이듬해 임수진의 오빠가 거주하고 있는 열대 국가로 여행을 떠난 뒤 그곳에서 죽었다. 어머니는 맹그로브 나무가 무성한 물가에서 스스로 더 깊은 물을 향해 걸어 들어갔다 들었다. 임수진은 그곳에 가본 적 없었다.

홀로 지새는 밤, 빗줄기는 한옥의 기와지붕을 뚫을 듯 내리꽂혔다. 지붕과 비가 만나 우두둑, 하고 빗줄기가 부서지고 지붕이 파이는 소리. 마치 처음인 양 낯선 그 소리를 듣다 생각해보니 비는 가 닿는 모든 것에 아픔을 느끼겠구나, 어디에 닿든지 제 몸이 부서지고 형체가 사라져서 때로 스미고 혹은 흐르고 또는 합쳐져서 소리 없이 증발하거나 졸졸, 또는 우르릉, 비의 생이란 그런 것이구나, 기댈 곳 하나 없는, 세상천지 홀로인, 허공에서 중력의 속도로 바닥으로 추락하는 그 눈 깜박하는 순간만이 비, 인 거구나, 하는 쓸데없는 생각에 뒤척였다.

봉구가 얼굴을 핥았다. 임수진이 부스스한 눈을 간신히 떴다. 창밖에 아침노을이 빨갛구나, 생각했는데 어느새 깜박 잠이 든 모양이었다.

오늘은 임수진에게 중요하고 슬프고 무엇보다 커다란 용기가 필요한 날.

우선 욕조에 따뜻한 물을 받았다. 평소보다 물 온도는 약간 더 뜨겁게 조절했다. 목욕을 하고 피부에 바디 크림을 바르고 적당히 스며든 뒤 새로 바꾼 침구 위에 누워 보송하고 보드라운 감각을 느껴보았다. 나른하고 약간의 피로감이 느껴지면서 동시에 몸의 감각이 살아나는 기분이었다. 무엇이든 예민하게 느낄 수 있을 것 같은 느낌. 어딘가를 마구 헤매 다니면서 삶 그 자체의 희열과 살아 있음을 체감한 뒤 노곤한 죽음으로 가라앉을 수 있을 것 같았다. 달라지고 싶었다. 새로워지고 싶고 무엇보다, 마냥 주저앉아 있는 건 그만둬야겠다고 다짐했다.

―쏠라즈에 가야겠다.

임수진은 그렇게 봉구를 향해 말했다. 바닥에 납작 엎드려 임수진을 보고 있던 봉구가 꼬리를 살랑거렸다. 임수진이 미소 지었다.

더 이상 못 견디겠어…….

쏠라즈에 들어선 임수진의 표정은 그런 것이었다. 뭔가 일이 잘못되어가고 있다는.

까닭을 다 알 수는 없지만 어쩐지 쏠라즈에 들어오는 고객은 대부분 과장된 감정 상태를 품고 있다. 더 흥분되거나 더 슬프거나 더 과시욕에 들떠 있거나 더 절망적으로.

분명 임수진의 표정은 그렇게 말하고 있었다. 단호하고 날카롭고 두려움에 떨고 있다고. 그걸 감추려고 죽을 만큼 애쓰다 지쳤다고.

윤찬경은 임수진을 보고 어쩐지 자기반성 같은 게 하고 싶어져서 고개를 흔들고 바닥을 내려다보았다. 우울함은 전염되는 게 확실하다. 말하지 않아도 느낄 수 있고.

반대로 윤찬경은 가능한 한 편안한 미소를 지어 보였다.

—어서 오세요, 임수진 고객님.

임수진은 단정한 태도로 윤찬경에게 인사를 건넸다. 스물아홉의 피아노 강사인 임수진은 어깨를 살짝 덮는 굵은 웨이브 스타일에 눈이 둥글어 표정은 순해 보이고, 허리에 벨트를 맨 면 원피스는 신고 있는 다크 블루의 플랫슈즈와 더불어 임수진을 더욱 지쳐 보이게 만들었다.

윤찬경은 임수진의 밋밋한 슈즈에 오래 눈을 두고 새삼스레 임수진을 살폈다. 어느 책에선가 임수진과 같은 유형을 설명한 걸 본 적 있다. 아마 임수진은 남자들에게 매력을 어필하는 데 서툴고 방법을 잘 몰라서 그러는 것이 적절하다 생각되는 순간이 오면 얼굴을 붉힐 것이다. 그것이 도리어 상대방의 시선을 잡아끌곤 할 것이다. 윤찬경이 보기에 임수진의 매력은 잠재되어 있다. 임수진은 그렇다는 사실을 알아채지 못하고 있을 것이다. 어쩌면 매력이라는 단어에 대해 일종의 죄의식을 가질지도 모른다. 임수진은 그런 쪽으로 둔감하다. 스스로 그래야만 한다고 믿고 있다. 불필요한 자의식이다. 불필요한 자의식 과잉이 임수진을 평안하게 만들기도 동시에 불행하게 만들기도 할 것이다. 그것으로 인해 임수진이 무엇을 얻을 것인지 윤찬경은 궁금했다.[3]

—오랜만에 왔어요.

가끔 쏠라즈에 올 때마다 임수진은 화려하고 섹시하고 강렬해서 아무나 신을 수 없는 힐을 한참 들여다보곤 했다. 그리고 그중 몇 개를 골라 거울 앞에 선 다음 자신의 모습을 신중하게 들여

---

3. 잡지 『라이프』에서도 비슷한 실험을 했다. 독자들에게 사람의 얼굴과 그들의 신발을 보여주면서 그 사람의 직업과 성격을 맞혀보라고 했는데 결과적으로 아주 정확하게 알아맞혔다. 이 결과는 1950년 12월 25일자에 실렸다.

다보고 윤찬경에게 허락을 구한 뒤 힐을 신은 스스로를 사진 찍었다. 그러고는 힐을 벗어두고 구석에 몇 개 되지 않는 플랫이나 로퍼를 구매하던 고객이다.

말하자면 경험 소비와 소유 소비를 모두 충족한달까. 예약 방문 시스템을 도입했을 때 윤찬경이 원한 것이 그것이었다. 쏠라즈에는 일상에서 신기 어려운 구두들이 많으니까. 쏠라즈에서 마음껏 신어보고, 새롭거나 감춰져 모르고 있었거나 알았지만 일상에선 드러내기 곤란한 스스로의 모습을 확인할 수 있으니까.

그리고 임수진도 단지 그런 이유라고 여겼다.

—이쪽으로 앉아요.

윤찬경은 안락한 벨벳 소파로 임수진을 이끌고 레모네이드를 가져다주었다.

—맛있어요. 직접 만드셨어요?

빙긋 웃는 임수진의 턱에 상처가 보였다. 윤찬경은 상처에 대해 묻지 않았다.

—오늘은 힐을 살 거예요.

—힐이요?

—네. 아주 높고 섹시하고 예쁜 걸로요.

왜요? 늘 낮은 플랫이나 로퍼만 신었잖아요. 수진 씨 지금 차림엔 힐이 어울리지도 않을 텐데요? 라는 질문들은 하지 않았다. 대신 윤찬경은 이렇게 말했다.

—오늘 무슨 중요한 일 있나 봐요.

윤찬경은 짐짓 무심한 투로 말했지만 역시나 임수진은 아무 대답도 없었다.

쏠라즈는 바깥세상과 분리된 공간이다. 그 공간은 대부분 일상에서 보기 어려운 구두들로 가득 차 있어 어딘지 비현실적인 느낌을 준다. 게다 맨발을 드러내놓은 채 오직 윤찬경과 이야기하는 공간이 아닌가.

쏠라즈는 한 번에 한 명씩 예약 고객만 받는 시스템이므로 윤찬경은 거의 모든 고객을 파악하고 있다. 고객들이 쏠라즈에 들어설 때의 차림이나 표정으로 고객을 파악하고 먼저 둘러보게 내버려둔 다음 고객에게 맞춤한 구두를 추천한다. 그래서 스스로 구두 소믈리에라고 말한다. 구두 레시피라고 할까?

고객의 심리를 적당히 언급하면서 외로울 때는 채도 낮은 옐로가 좋아요, 썸남을 매혹시키려면 마젠타색의 스웨이드 뮬이 좋지요, 보랏빛을 살짝 품은 붉은색이 어쩐지 신비롭거든요. 자신감이 떨어졌을 때는 심플하고 클래식한 모노톤이지만 뾰족한 10센티의 에나멜 굽이 달린 펌프스가 어떨까요? 하는 식으로.

그런 까닭으로 보통 쏠라즈에 출입하는 고객은 윤찬경에게 자신의 속내를 쉽게 드러낸다. 누구에게도 하지 못했던 이야기들을 자연스럽게 털어놓는다. 가끔 지나치게 수다스럽거나 별것도 아닌 이야기를 늘어놓을 때면 윤찬경으로서도 리액션하기 어려운 경우도 있다. 그러나 대체로 쏠라즈 안에만 머물고 있으면서도 거의 모든 세상사를 알게 되는 것 같은 기분이 들어 좋았다.

뭐랄까. 스스로의 자존감을 잃지 않고 윤찬경 자신의 문제와 거리를 둘 수 있게 되는 느낌이랄까. 이상하게도 고객들의 행복이나 불행을 통해 스스로를 조율하고 안정된 감정을 유지할 수 있게 되었다. 그러면 세계가 또는 사람들이 선하거나 악하거나 따위의 문제는 중요하지 않다고 생각할 수 있게 되었다. 인생이 깃털처럼 가볍게 여겨지기도 했고 마치 돌 같은 무심함을 느낄 때도 있었는데 가끔은 그런 느낌이 좋아서 무언가에 접속하듯 고객들을 대했다.

그런데 임수진 같은 타입은 속내를 잘 드러내지 않는다. 임수진은 아마 불편한 건 참고, 고통은 견디며, 화가 날 땐 그저 입을 다물었을 것이다. 그리하여 해소되지 않은 온갖 잔동사니들까지 저 작은 가슴속에 켜켜이 쌓여 있겠지. 턱밑까지 차올라서 뭔

가가 탁, 하고 건드려주면 수도꼭지 열리듯 줄줄 쏟아질지도 모
르지. 지금 임수진의 표정이 딱 그랬다. 그 점이 윤찬경의 흥미를
끌었다.

임수진은 윤찬경이 건넨 레모네이드를 홀짝였다. 투명 유리
잔 안에서는 얼음이 녹았고 바깥에는 물기가 맺혔다. 열려 있는
쏠라즈 출입문의 바깥에는 계속 비가 내리고 있었다.

달콤한 풀비린내의 향기가 나고 서늘하고 몽글한 안개가 꽃
잎처럼 떨어지고 약간의 바람이 불어 예상치 못했던 시원한 공
기가 바람이 불 때마다 살갗에 와 닿아 옷소매의 차가움이 느껴
지는…… 그런 일은 일어나지 않았다. 왠지 아직도 비에서는 먼
지 냄새가 가득 났다. 밤새 내렸는데도 말이다. 그래서 불안해졌
다. 그러니까 최창수를 만날 일을 상상하게 되었다. 임수진은 지
금의 불안보다 상상하는 미래가 더 두려워졌다.

─껍질까지 으깬 오렌지주스…… 보라색 라디오…… 구겨
진 길바닥…… 아니요…… 나는 옥수숫가루 위의 사과파이……
그의 턱은 마음에 들지 않아…… 나는 없어서는 안 되는 공기 방
울…….

임수진은 머릿속을 침범해 들어온 상상을 쫓아내려고 아무

말이나 중얼댔다.

윤찬경은 임수진을 등지고 매대를 훑어보며 임수진의 심경을
짐작해보았다. 임수진은 상처 입었다. 표정으로 알 수 있고 턱의
상처로도 짐작 가능하다. 상처가 턱에만 있는지는 알 수 없다. 몸
과 마음에 동시에 상처를 입은 다음 쏠라즈를 찾아왔다면 그건
남자 문제다. 구두는 언제나 사랑과 관련되어 있으니까.

─내가 처음에 쏠라즈를 열어야겠다고 마음먹은 까닭을 말했
었나요?

윤찬경이 골라 온 슈즈를 등 뒤에 두고 임수진에게 말을 걸었
다. 낯선 시간으로 나를 데려가줘……라고 혼잣말을 중얼거리던
임수진이 놀란 눈으로 윤찬경을 보았다. 윤찬경의 편안하고 부
드러운 미소를 보고 새삼스럽게 매장 안을 둘러보았다.

─왜요?

임수진은 정말 궁금해서라기보다 생각을 다른 곳으로 돌릴
수 있어 다행이라는 투로 되물었다.

─남자들에게 복수하고 싶어서요.

─복수요? 그게 무슨 말이에요?

임수진은 복수라는 낱말에 눈을 동그랗게 떴다. 마치 세상에

태어나 처음 들어본, 스스로는 상상조차 해보지 못했던 낱말이라는 표정이었다.

─한 달에 한 켤레씩 새 구두를 신고 매번 새로운 남자를 만나 구두 굽으로 그 남자를 짓밟아주려고 생각했어요. 여기 이름도 그래서 '열두 켤레의 여자'라고 짓고 싶었어요. 매번 남자들에게 그따위로 살지 말라는 교훈을 주고 벌을 주는 거죠.

─어떻게요?

그렇게 되묻는 임수진의 말은, 이번엔 진지하게 느껴졌다.

윤찬경은 대꾸하지 않고 살짝 웃었다.

─언니는 마음먹으면 정말 그럴 수 있을 거 같아요.

실은, 거짓말이다. 누가 구두 가게 이름을 '열두 켤레의 여자' 따위로 짓겠는가. 그리고 난데없이 복수라니. 그러나 그 말이 사실인지 여부는 중요하지 않다. 중요한 건 이것. 임수진이 윤찬경에게 언니라고 했다는 것. 쏠라즈에 여러 번 드나든 뒤에도 윤찬경에게 언니라고 부르지 않은 건 임수진이 유일했었다. 이제 대화하기에 훨씬 편안해지겠네, 라고 속으로 중얼거렸다. 윤찬경으로서도 이유를 다 알지는 못하지만 어쩐지 쏠라즈에 오는 고객이 비밀을 감추고 있는 건 마음에 들지 않는 일이었다.

─우선 이것부터 신어보고요. 전부터 꼭 수진 씨가 신어줬으

면 하는 스트랩 샌들이에요.

윤찬경이 골라 온 것들 중 하나를 내밀자 임수진이 환하게 웃었다.

—늘 신어보고 싶었던 거예요.

—조금 특이하고 과감한 스트랩 샌들힐이에요.

임수진은 샌들힐을 받아 들고 살펴보았다. 솜사탕 같은 페일톤이 러블리하고 부드럽게 보였다. 발등 위를 지나는 가느다란 스트랩은 신는 사람에 따라 가녀리게도 섹시하게도 보일 수 있을 것 같았다.

—포인트는 여기, 뒷굽이에요.

윤찬경이 가리킨 뒷굽에는 소피아 웹스터[4] 구두처럼 나비 문양이 달려 있었다. 날개를 활짝 펼친 보랏빛 나비였다. 날카롭고 뾰족한 10센티 높이의 뒷굽.

임수진은 금세 빠져들었다. 다크 블루의 플랫슈즈를 벗고 구두를 갈아 신었다. 커다란 거울 앞에 서서 스스로를 바라보았다. 또각또각 걸을 때마다 뾰족한 굽이 바닥을 찍었는데 반대로 나

—————————

4. 소피아 웹스터는 영국의 디자이너 브랜드로 신으면 하늘을 날 것 같은 나비 날개를 모티브로 한 구두를 다양하게 선보였으며 여성스러우면서도 독특한 디자인으로 사랑받아 웨딩슈즈로 인기가 높다.

비 날개는 팔락거려 곧 날아오를 것 같았다. 뭐랄까. 나쁜 짓을 한 다음 바로 도망가는 기분이랄까. 임수진은 그런 종류의 쾌감을 느꼈다.

임수진은 온 매장 안을 걸어 다녔다. 10센티의 굽이 익숙지 않아 처음엔 휘청거렸다. 늘 플랫한 슈즈만 신었던 탓에 뒷굽의 굵기가 가늘어서 발뒤꿈치에 체중을 싣는 게 어려워지자 발 앞쪽으로 체중이 쏠려 어지러운 것 같기도 했다. 기우뚱기우뚱, 다리가 후들거리고 걸음이 뒤뚱거리는 것 같았다.

─처음엔 누구나 그래요. 천천히, 익숙해질 때까지 걸어봐요.

처음. 윤찬경이 처음이라 말한 것처럼 태어나 30년을 걷고 살았으면서도 임수진은 마치 처음 걸음을 배우는 것 같았다. 발을 뗄 때마다 그 발이 첫발인 것 같았다. 어색하고 발이 아프고 신기하고 아름다웠다. 또박또박 한 마디씩 말을 하듯, 임수진은 한 발 한 발 힘주어 걸었다. 온몸에 힘이 들어가고 척추가 금세 뻣뻣해졌다.

아차, 싶은 순간 발이 삐끗. 임수진이 테이블 위에 놓인 레모네이드 잔을 팔로 툭 쳤다. 파삭, 유리잔이 깨졌다. 그 작은 파열음에 임수진은 깜짝 놀라 주저앉고 말았다.

─앗. 죄송해요.

윤찬경은 괜찮다고, 잠깐 앉아 쉬라며 임수진을 소파로 이끌었다. 침착하고 편안한 미소로 임수진을 안심시킨 다음 행주를 가져오겠다고 말하고 탕비실로 들어갔다.

유리잔이 깨지는 작은 충격에도 소스라치게 놀라는 임수진. 안쓰러웠다. 타고난 유리 심장의 성정일 수도 있겠으나 어쩐지 혹은 오히려, 스스로의 자연스러운 성품이 발현되지 못하도록 억압된 시간의 축적 때문인 건 아닐까, 싶었다. 임수진의 표정, 그리고 얼굴의 상처가 그리 짐작하도록 만들었다. 쏠라즈에 구두를 사러 오는 고객은 묘하게 자신의 사연을 암시하는 말들을 무심코 한다. 남경희가 실내용 하이힐을 찾아주세요, 라고 했던 것도 임수진이 오늘은 힐을 살 거예요, 했던 말도 그렇지 않은가.

윤찬경이 작게 한숨지었다. 안타까운 마음과 부담스러운 마음이 교차했다. 세상 그 누가 사연이 없겠는가. 처음 쏠라즈를 오픈하고 윤찬경은 저마다의 사연에 마음을 기울였고 그 때문에 그들의 감정 상태가 옮아 기진맥진한 적이 여러 번 있었기 때문이었다. 게다 윤찬경이 진심을 담아 고객의 사연에 공감하는 일이 매번 성공적이었던 것도 아니었다. 때론 참견이 심하고 주제넘은 게 아닌가, 하는 불쾌한 표정을 짓는 고객들도 있었다. 윤찬경은 시간을 두고 시행착오를 겪었고 차츰 적당한 수위를 찾는 방법을 익혔다. 적절하고 세련되면서 정곡을 찌를 수 있는 비유적 방법이랄까. 그러면 적당한 정도의 거리를 유지해 에너지와 감정의 소모를 줄이면서도 고객들 스스로 원하는지도 몰랐던 그것을 해줄 수 있게 되었다. 들어주기. 공감. 그리고 적당한 수위의 위로. 구두를 팔고 구두를 사고 구두를 신는 일에 꼭 필요한 바탕.

윤찬경은 서둘러 탕비실에서 행주를 가져와 테이블과 바닥을 닦고 깨진 유리잔을 치웠다.

임수진은 자기에게도 행주를 달라고 요청했다. 괜찮다는 윤찬경의 말에 이렇게 대답했다.

―제가 엎지른 건데 당연히 도와야죠.

생각해보니까 너무나 당연한 말이었다. 임수진이 엎질렀는데 치우는 걸 돕는 건 당연하지 않은가. 그래, 이게 맞는 거였어. 임수진은 매우 커다란 진실을 깨달은 것처럼 속으로 중얼거렸다. 윤찬경이 고맙다고 말하면서 행주를 건네주었다.

임수진이 고개를 끄덕이며 바닥을 닦았다. 임수진이 그런 생각을 하게 된 건 최창수 때문이었다.

최창수는 임수진과 데이트를 할 때마다 세련된 차림이었다.

너무 튀지도 않고 너무 지루하지 않은 패션에 미리 계획된 데이트 일정에 맞게 유행에 민감한 스니커즈를 신거나 격식을 갖춘 맞춤 구두를 신었다. 옷을 잘 입는 탓인지 최창수는 여유 있어 보이고 사람들의 이목을 끌었다. 스스로도 그런 사실을 알고 있어서 늘 자신감이 넘쳐 보였는데 그것이 지나쳐 완고한 권위나 고집으로 보일 때가 많았다.

최창수는 대형 증권사의 펀드매니저였다. 임수진은 펀드매니저가 뭔지 잘 몰랐지만 기가 막힌 아이디어가 있고 훌륭한 사업 계획이 있지만 돈이 없어 일을 할 수가 없다고 투자해달라고 머리 숙여 찾아오는 사람들의 사업성을 데이터로 냉정하게 판단해서 열에 아홉은 펀딩 불가 판정을 내려 인생의 쓴맛과 내리막을 동시에 경험하게 하는 일이 아닐까 짐작했다.

임수진은 최창수 옆에 있을 때면 최창수의 영향을 받았다. 평소에는 그렇지 않다가도 최창수의 옆에 있으면 어쩐지 수면 부족인 것처럼 정신이 멍하고 작은 일에도 흠칫 겁을 집어먹는 겁쟁이가 되는 데다 항상 눈 밑엔 다크서클이 짙어진다고 느꼈다.

하루는 함께 갤러리를 겸하고 있는 카페에 간 적이 있었다. 숲 한가운데 개의 머리를 달고 몸은 사람인 여자가 서 있는 그림들이 걸려 있었다. 그림 속 여자가 입고 있는 하얀 원피스 때문인지 임수진은 어쩐지 그림이 불편했다. 속이 더부룩해지는 기분이었다.

그림을 둘러보고 카페에 앉았다. 연인들과 가족들이 많았다. 평범한 날이었다. 그리고 올해 들어 가장 더웠다.

—뭐 마실래?

최창수가 메뉴판을 들여다보면서 말했다.

—아이스 아메리카노.

—너 차가운 거 싫어하잖아.

—어쩐지 속이 좀 안 좋은 거 같아서.

—그럴 때 차가운 거 마시면 더 안 좋아. 그냥 따뜻한 뱅쇼 마셔라.

—날도 더운데…….

—뱅쇼 마셔. 차가운 거 마셨다가 탈났다고 그러지 말고.

최창수는 종업원을 불러 아이스 아메리카노와 뱅쇼를 주문했다.

최창수는 빨대로 얼음을 휘저어가며 아이스 아메리카노를 마셨다. 임수진은 뱅쇼 잔을 만지작거렸다. 카페로 들어서는 사람들이 더워도 너무 덥다, 며 불평을 늘어놓았다. 임수진은 뱅쇼가 담긴 잔을 손으로 톡톡 건드려보았다. 그러다 흔들, 잔이 넘어졌다. 붉은 뱅쇼는 임수진의 하얀 원피스에 스며들었다. 그리고 테이블 위에도 쏟아졌다.

임수진은 반사적으로 벌떡 일어났다.

―왜 일어나?

―냅킨 갖다 닦아야지.

―직원 불러서 닦으라고 해야지.

―많이 쏟은 것도 아니잖아.

―여기 직원들 그러라고 월급 받는 거야. 내가 그 월급 주는 것이고.

최창수는 커피 잔을 들어 보였다.

―최저임금도 올랐는데 돈 받는 만큼 일해야지, 안 그래? 그걸 왜 네가 해? 앉아.

최창수가 엄격한 표정으로 단호하게 말했다. 꼭 기분이 상한 얼굴 같았다.

―내가 하면 되는데…… 직원들 바쁜데…….

임수진은 최창수의 눈치를 살피며 작게 말했다.

―넌 무슨 말도 안 되는 소릴 하고 있는 거야? 앉으라니까. 분별력 없게 굴지 말고.

최창수는 쉽게 임수진의 입을 다물게 만들었다.

—알았어. 당신 말이 맞는 거 같아.

임수진은 역시 최창수가 똑똑하고 사리 분별이 정확하다고 생각했다.

—너는 그게 문제야. 자꾸 그렇게 물렁하게 굴어서 세상 어떻게 살려고 그래?

임수진은 자기가 잘못했다는 걸 인정했다. 물렁하게 구니까 세상이 온통 자기를 얕보는 거라고 생각했다. 그렇게 생각하니까 왠지 불안해지고 조바심이 일었다.

—이리 가까이 와봐.

—왜?

임수진이 흠칫 몸을 떨었다.

최창수는 자기 옆 의자를 손으로 툭툭 쳤다. 임수진은 맞은편 자리에서 최창수의 옆자리로 옮겨 앉았다. 최창수가 임수진에게 선물을 주었다.

—우리 1주년 기념일이잖아. 축하해, 수진아.

가방이었다. 검정색. 네모난 디자인. 값이 비싼.

—또 검정색이네? 난 보라색 좋아하는데…….

—무채색이 세련됐잖아. 요란하게 보라색 가방 메고 다녀봐야 영혼 없는 사람처럼 보이기나 하지.

임수진은 입고 있는 하얗고 무늬 없는 원피스를 보았다. 최창수가 사준 거였다. 최창수를 만나기 전엔 즐겨 입지 않았던 디자인이었다. 그전엔 보라색이나 노란색 같은 걸 좋아했었다. 최창수 이후로 임수진의 모든 물건들은 점점 색깔이 없어졌다. 임수진은 하얀 원피스에 물든 붉은 뱅쇼 자국을 오래 보았다. 맞다. 색깔이 있다는 건 어쩌면 이런 얼룩에 불과한 건지도 모른다. 임수진은 스스로 바보가 된 것 같았다.

—안 좋아?

임수진이 미소 지었다.

—자긴 정말 자상한 거 같아.

—행복해?

—그럼. 어젯밤엔 전화해서 노래도 불러주고 비 오니까 이불 꼭 덮고 자라고 신신당부했잖아.

—진짜 선물은 따로 있어.

최창수가 안면 가득 미소를 지었다.

—뭔데?

—나.

—응?

—난 너의 완벽한 선물이야. 나를 완전하게 이용해. 그럼 넌

모든 문제가 없어질 거야. 나 아니면 어리바리한 너를 누가 돌봐주겠니?

최창수는 다정하고 자상했다. 임수진은 속으로 스스로를 나무랐다. 이렇게 보잘것없는 나를 사랑하고 아끼는데 나는 그것도 모르고 좋은 사람이 아니라고 생각했구나……, 그렇게 뉘우쳤다.

그도 그럴 것이 최창수는 임수진과의 약속들을 잘 지키지 않았고 약속 시간에 한 시간씩 늦은 적도 많았다. 그때마다 일이 있었다고 거짓말을 쉽게 하고 험상궂은 표정으로 한숨 쉬고 담배를 피우면서 '말할 수 없을 정도로 끔찍하게 스트레스 받은 일이 있어서 너무 괴롭다'고 말했다. 그러면 임수진은 가벼운 항의조차 할 수 없었다.

비가 그쳤다. 그러자 곧바로 폭염이었다. 쏠라즈 바깥이 금세 이글거렸다. 햇빛을 받아 세상에 금이 갔다. 이리저리 쪼개져 아무리 애써도 하나로 포개지지 않을 것 같았다. 햇살은 지구보다 강하고 누군가를 울게 만들 수 있을 것 같았다. 임수진은 이제 곧 저 바깥으로 걸어 나가야 한다는 사실이 피하고 싶은 운명처럼 느껴져서 두려워 떨었다. 손톱을 물어뜯었다. 손끝이 아팠다. 손끝이 아프니까 왠지 한 걸음도 나아갈 수 없을 것 같았다. 손끝이 아플 때면 어쩐지 병신이 된 것만 같다. 생각을 몰아내야만 한다. 임수진은 다시금 혼잣말을 중얼거렸다.

—껍질까지 으깬 오렌지주스…… 보라색 라디오…… 구겨진 길바닥…… 아니요…… 나는 옥수숫가루 위의 사과파이…… 그의 턱은 마음에 들지 않아…….

윤찬경이 더러워진 행주를 치우고 탕비실에서 나오는 것을 보고 낯선 시간으로 나를 데려가줘……라고 중얼거리다 말을 속으로 삼켰다.

—손은 괜찮아요? 수진 씨?

윤찬경이 걱정스러운 표정으로 물었다. 행주로 바닥을 닦던 임수진이 깨진 유리 파편에 손가락을 살짝 베였기 때문이었다.

—괜찮아요.

임수진은 깨물던 손가락을 얼른 감추었고 윤찬경은 보지 못한 척해주었다. 임수진은 손톱을 깨물고 있었던 걸 윤찬경이 보고도 못 본 척하는 것을 알았다. 들킨 사실이 민망해 화제를 바꾸고 싶어졌다.

—저건 무슨 영화 포스터인가 봐요?

벽에 걸린 대형 액자 속에 영화 포스터가 들어 있었다. 커다랗고 둥근 대관람차였다.

—네. 우디 앨런의 〈원더 휠〉이란 영화예요. 본 적 있어요?

—아니요.

관람차는 가장 완벽한 형태의 원형이다. 동그랗고 커다랗고 모든 세상을 다 내려다볼 수 있을 만큼 위로 올라갔다가 다시 바닥으로 내려와야만 하는 운명이고. 그렇게 바닥으로 떨어져도 다시 꿈을 꾸고 욕망하는 것이 인간의 운명이란 의미의 영화였다. 윤찬경이 좋아하는 영화였다. 그 영화를 볼 때면 어쩐지 '사는 게 다 그렇지, 뭐'라는 생각이 들어서였다. 그게 이상하게 때로 위안이 되었다.

—어릴 적에 대관람차 타는 걸 좋아했는데.

임수진이 그렇게 말했다. 시선은 포스터에 멈춰 있었다.

—이제 싫어요.

—왜요?

윤찬경이 묻자 임수진은 무심코 대답했다.

—원래 방향을 유지하려는 자이로스코프 같아요. 나는 지금 멈춰야 하는데. 중단시키는 능력이 필요한데. 벗어나고 싶거든요.

말해놓고 놀랐다. 임수진은 벌떡 일어서서 윤찬경을 등지고 쇼룸을 향해 돌아섰다.

윤찬경은 아무 말도 덧붙이지 않았다. 그저 이렇게 말했다.

—구두 하나 더 신어볼래요?

윤찬경이 골라 온 구두를 내밀었다. 두 켤레 모두 짙거나 옅은 바이올렛 빛깔의 샌들힐이었다. 임수진은 그중 굽이 크리스털로 되어 있어 더 과감하고 화려한 힐을 골라 신었다. 거울 앞에 서서 스스로를 바라보았다.

—걸어보세요.

여전히 휘청거리는 걸음에 윤찬경이 임수진의 손을 붙잡아주었다. 허리와 어깨를 똑바로 펴고 또박또박 걸어볼 것을 권했다. 임수진이 윤찬경의 손을 잡고 한 걸음씩 걸었다. 난생처음 10센티 굽의 샌들힐을 신은 임수진은 아까보다 자신감 있어 보이고 활기차 보였다. 허름한 모습은 간데없고 어느새 당당하게 주변을 압도할 수 있는 사람이 된 것 같았다. 어디서든, 누구 앞에서든, 의자를 시끄럽게 밀고 일어나서 귀에 거슬리게 또각또각 구두 굽 소리를 내면서 뒤돌아 나갈 수 있을 것 같았다.

걸을 때마다 날카로운 뒷굽 소리가 긴장감을 불러일으켰다. 스스로 그런 분위기를 만들었다고 생각하니까 어쩐지 자신감이 솟아나는 것 같았다. 조금은 세상이 만만해지는 기분이었다. 임수진은 천천히 윤찬경의 손을 놓고 걸어보았다. 또각또각.

―제가 이 색깔 좋아하는 걸 어떻게 아셨어요?

윤찬경은 대답 없이 웃어 보였다. 어찌 모르겠는가. 쏠라즈에 올 때마다 바이올렛색의 구두를 들여다보고 신어보다가 낮은 한숨과 함께 도로 올려놓고는 무채색의 플랫슈즈를 사 갔는데 말이다.

―수진 씨는 화려한 색깔이 훨씬 더 잘 어울려요.

스스로도 그렇다고 생각했다. 전에 쏠라즈에 왔을 때와는 사뭇 달랐다. 이제는 임수진이 좋아하는 높고 화려한 힐을 보기 위해서만이 아니라 사기 위해 여기 서 있지 않은가. 뭐랄까. 전엔 이런 시간이 부록 같은 느낌이었다면 지금은 본론인 것 같다고 할까. 전엔 최창수와의 시간 외의 일상은 준비 기간이란 느낌이었다면 지금 임수진은 스스로의 삶을 살고 있는 것 같았다. 구두를 고르고 나니까 이 아름다운 샌들힐에 어울리는 옷도 사고 싶었고 또 그에 어울리는 화장품도 사고 헤어스타일도 바꾸고 싶어졌다. 그러니까, 뭔가 자꾸만 하고 싶어졌다.

임수진은 거울 앞에서 뒤돌아보기도 하고 옆으로 서보기도 하면서 어떤 옷이 어울릴지 어떤 스타일로 헤어를 바꾸면 좋을지 상상했다. 그러다 발을 삐끗했다.

―괜찮아요? 신을 수 있겠어요?

—이제부터 신으려고요. 그동안은 남친이 싫어해서 이런 거
못 신었거든요.

임수진이 속마음을 말해서 윤찬경은 좀 놀랐다.

—궁금하네요. 무엇이 수진 씨 마음을 바꾸게 만들었는지.

혹시 임수진은 이별하러 가는 걸까. 윤찬경은 그렇게 짐작했
다. 그렇다면 임수진이 남친이 싫어해서 못 신었다는 구두를 지
금 고르는 게 말이 된다고 생각했다. 이별이라. 그러기에 구두는
사소하지만 중요한 소품이 될 수 있지 않겠는가. 전혀 다른 스타
일의 구두를 신고 온 임수진을 보자마자 뭔가 일이 잘못되었다
는 걸 느끼게 될 테니까.

무엇이 임수진을 건드렸을까. 아니, 그것은 한 가지의 무엇이
아닐지도 모르지. 윤찬경은 속으로 그렇게 생각했다. 이별이 처
음이라면 몰라도 진지한 연애였든 가벼운 만남이었든 이별을
경험해보았다면 누구나 이별의 때가 육박하고 있는 감각을 알
것이다. 그것은 번쩍, 하고 마른하늘을 찢어발기는 번개처럼 오
지 않는다. 이별은 마치 책을 읽는 것처럼 한 장 한 장 쌓여 마지
막 장을 덮어 드디어 한 권이 완성되었을 때 비로소 실행할 수 있
는 것이다.

—세 켤레 다 주세요.

―오늘 신어본 것 세 켤레 모두 다요?

―네, 언니. 바이올렛 샌들힐은 신고 갈게요.

임수진은 하기 어려운 중요한 결정을 마침내 끝낸 것처럼 피곤하면서도 나른한 표정을 지어 보였다.

사실 언젠가부터 임수진은 종종 이유 없이 예민해졌고 자주 불면의 밤을 충혈된 눈으로 지켜봐야 했다. 그럴 때 밤의 시간은 이루어지지 못할 상상이나 꾸지 않았으면 좋았을 악몽으로 가득하곤 했다. 자꾸 기분이 좋지 않았고 몸이 나빴다.

그럴 때면 세상이 어둡고 무의미하며 우울해졌는데 스스로 아무런 소득이 없을 것이 분명한데도 그저 제 몸을 던져보는 쓸모없는 돌멩이처럼 느껴졌다. 아무것도 밝혀내지 못할 것이며 누구도 알아주지 않을 그저 길가에 뒹구는 돌멩이. 임수진을 둘러싼 모든 것들이 자기와 동떨어져 있는 것 같았다. 무엇 하나 착 붙어 있질 않았다. 잠이 오지 않아 책을 읽어도 꼭 이런 문장만 마음에 새겨졌다. 가령 이런 것. 늘 멀리 있었고 비켜났고 부유하는 듯했고 비위가 상했고 불명확했다. 무엇에도 애착을 못 느꼈다…….

―돌멩이가 된 거 같아.

언젠가부터 최창수를 만나고 돌아온 날이면 혼자서 그렇게 중얼거렸다. 잘못되어가고 있다는 걸 알았지만 무엇이 잘못된 것인지 알 수 없었다.

임수진이 원하는 사랑은 돌봄이었다. 부모님이 모두 돌아가신 고아였기 때문인지 어떤지는 잘 몰랐다. 그냥 포근하고 따뜻한 사랑이 하고 싶었다. 마치 갓난아이를 돌보듯, 두 시간마다 물의 온도를 맞춰 우유를 먹이고 토하지 않도록 등을 가볍게 두드려 트림을 시키고 울 때마다 기저귀를 갈아주고 밤새 안 자고 칭얼거리면 안고 어르며 노래를 불러주고 눈을 맞추며 웃고 말하고 늘 어루만지고 손과 발과 머리칼의 생김에 대해 감탄하고 스킨십을 하며 따뜻한 체온을 느낄 수 있단 사실에 감격하는 것. 언제나 신경 쓰고 마음을 기울이는 것. 때로 힘들고 지쳐도 그 따뜻하고 황홀한 냄새, 서로 눈을 맞추고 웃는 세상 가장 아름다운 웃음, 포근한 심장의 박동, 무엇보다 그 존재 자체가 주는 충만한 행복감에 힘겨운 의무감과 책임감도 행복이 되는.

그것이 임수진이 사랑에 빠진 이유였다. 최창수는 분명 자상하고 임수진을 위해주었다. 때로 살뜰하게 임수진을 돌봐주었다. 그런데 시간이 흐르면서 무언가 자꾸 어긋나는 것 같았다.

가령 이런 식.

기분이 우울한 것 같아서 밝은 노란색 원피스를 입고 데이트 약속에 나간 적 있었다.

—너 또 우울증 도진 거야? 대체 왜 그래?

—그게 무슨 말이야?

다짜고짜 내지르는 말에 임수진은 당황했다. 최창수는 못마땅한 표정으로 임수진을 아래위로 쳐다보았다.

—옷이 왜 그리 요란한 거야?

—그런 식으로 말하지 마. 나는 그저 예쁘게 입고 싶어서…….

—넌 이게 예뻐? 어떻게 그렇게 보는 눈이 없니. 그렇게 센스가 없어서 이 세상 어떻게 살래? 넌 정말 나 아니면 아무것도 못하는 애구나. 혼자 제대로 된 옷도 살 줄 모르잖아.

—아니, 나는 그냥 가끔은 밝은 색깔이 좋아서…….

—얌전하고 조신하게 있으면 내가 다 해주는데 뭐가 문제야. 내가 널 얼마나 사랑하는지 알잖아? 가자.

—어딜?

최창수는 대답 없이 임수진의 손을 잡아끌었다. 그리고 백화점으로 갔다. 최창수는 정말 섬세하고 자상하게 임수진의 옷을 골라 사주었다. 비싸고 결이 부드럽고 선이 우아하고 우중충한 색깔의 옷. 어디선가 보았던 문장이 떠올랐다. 삶은 호텔 같았고 매일매일은 호텔 욕실에 놓인 일회용 샴푸 같았다…….

—너무 예쁘다.

그 옷을 입혀놓고 최창수는 임수진을 오래 보았다.

—우울할 땐 나랑 같이 쇼핑도 하고 맛있는 것도 먹고 좋은 데도 가자. 네가 원하는 곳엔 다 데려가줄게. 어머니도 우울증으로 그렇게 가셨는데 너도 조심해야지, 안 그래?

—그게 무슨 말이야?

—아버지 돌아가시고 어머니가 우울증 앓다가 자살하셨잖아. 너도 같은 핏줄인데 우울증은 유전적이라잖아. 난 네 옆에서 오래 살 거야. 그러니까 걱정 말고 모든 걸 내게 맡기면 돼.

—내가 우울증이라고? 우리 엄마가 아버지 죽음 때문에 자살한 거라고? 그래서 언젠가 나도 그렇게 될 거라는 말인 거야?

—내가 괜히 그러는 것 같아? 다 너를 걱정하고 사랑하니까 그러는 거잖아. 넌 왜 내 맘을 그렇게 모르는 거야?

이런 식이었다. 그러면 임수진은 다 나를 사랑하고 걱정해서 그러는 건데 나는 왜 그럴까? 이렇게 비싸고 좋은 옷도 사주고 우울증에 걸릴까봐 자상하게 신경 써주는데, 라고 속으로 금세 뉘우치곤 했다.

윤찬경이 구두를 포장하는 동안 임수진은 매장 한쪽 구석 유리로 된 구두 모형을 보고 있었다. 그러다 문득 든 생각. 갈수록 어떤 누구와 나란히 있어도 반드시 그 사람과 많이 닮았다는 말을 듣곤 한다는 것.

—유리 인형이 되는 것 같아…….

—네? 뭐라고 했어요?

임수진이 무심결에 내뱉은 혼잣말에 윤찬경이 되물었다. 아니에요, 아무것도, 라고 말하려다가 임수진이 이렇게 물었다.

—신데렐라가 신었던 구두가 유리였다죠? 유리 구두.

—아, 네.

윤찬경이 예의상 대답했다.

—어떻게 깨지지 않았을까요? 강화유리였나?

임수진의 말에 윤찬경은 픕, 웃었고 임수진은 웃지 않았다. 내 발에 구두가 맞지 않으면 내 뒤꿈치를 자르려나…… 하고 중얼거리다 소스라치게 놀라 임수진은 몸을 덜덜 떨었다.

임수진도 노력했었다. 뭔가 잘못되어간다고 느꼈을 때 진심을 다해 노력하면 모든 게 다 좋아질 거라 믿었다. 엄마를 원망해야 할까……. 그렇다고 딱히 그러고 싶은 마음은 아니었지만 괜스레 그런 생각이 드는 것도 사실이었다. 어릴 적부터 종종 엄마가 해주었던 말 때문이었다. 엄마는 임수진에게 세상을 사는 현명한 방법이라며 이렇게 일러주곤 했었다.

—누군가 네 앞에 무릎 꿇게 하는 가장 빠른 방법이 뭔지 아니?

그때 임수진은 상대방의 무릎 뒤쪽을 막대기 같은 걸로 후려치는 걸까? 생각했는데 엄마의 가르침은 이랬다.

—그 상대방에게 네가 먼저 무릎을 꿇는 거야.

엄마는 임수진에게 그렇게 일러주었다. 진심을 다해 이쪽에서 먼저 노력하고 상대방을 인정해주고 배려해주며 이해해주려고 노력하면 상대도 나를 그렇게 대하게 마련이라고. 그럴듯했다. 평화롭고 누구도 다치지 않으며 아름다운 방법이라고 생각했다. 임수진이 누군가의 조언이 가장 필요하다고 느낀 순간에 죽은 엄마의 가르침이 떠올랐다.

그리고 그렇게 했다. 연애에 실패할까봐 두려워서, 혼자가 되어 외로운 것보다 지금이 낫지 않을까 싶어서, 외모 말투 인간관계까지 최창수가 원하는 대로 하려고 애썼다. 모든 것을 자신을 사랑하기 때문이라고 믿으려고 했다. 행복하지 않다는 사실을 인정하는 것보다 행복한 미래를 상상하는 것이 쉬웠으니까. 최창수의 취향과 방식을 존중하고, 공감하고, 웃어주었다.

그랬더니 최창수는 이렇게 말했다.

─우리는 천생연분이야. 그렇지 않니?

최창수는 행복해했다.

그리고 끝. 너의 진심이 나를 바꿨어, 이제 진짜 사랑하는 방법을 알게 되었어, 라는 말 따위, 없었다.

망할 엄마.

그저 스스로 망쳤다는 책임을 피해갈 핑계가 필요한 것인지도 몰랐다. 그렇더라도 임수진은 엄마가 죽었다는 맹그로브 숲엔 가지 않을 작정이었다.

그 대신 마음을 바꿨다.

사랑을 버리기로.

분노하기로. 분노는 어떤 상황을 중단시키고 새로운 상황이 시작되도록 만들 수 있는 능력이니까.

윤찬경이 구두를 포장한 쇼핑백을 내밀자 임수진이 물었다.

─정말 복수해봤어요? 구두로?

─오늘 구두 신고 어디 갈 건지 말해주면 나도 말해줄게요.

농담에 가까운 가벼운 말투로 느껴지도록 신경 쓰면서 윤찬경이 말했다.

─이별하려요.

임수진이 말을 툭 뱉었다.

―왜요?

한참을 생각하던 임수진이 말했다.

―손이 예쁘다는 말을 하지 않아서요.

지나가는 말투로, 농담처럼 말하고 임수진은 손을 내려다보았다. 그저 툭, 말이 나온 건데 생각해보니까 그것이 가장 억울한 기분이었다. 어릴 적부터 피아노를 쳤고 피아니스트가 되고 싶었지만 피아노 강사가 된 임수진의 손은 예뻤다. 손짓으로도 감정 표현이 가능할 것처럼 충분히 섬세했다. 임수진은 자기 손을 좋아했고 스스로 가장 예쁜 곳이라고 자부했으며 손이 예쁘다는 말을 들으면 기분이 좋아지곤 했다.

최창수는 왜 내 손이 예쁘다는 말을 한 번도 하지 않았을까? 임수진은 어쩐지 모든 문제의 까닭을 알게 된 기분이었다. 뭐랄까. 임수진은 문득 매장 안을 돌아다니는 파리를 보았다. 그리고 속으로 피식, 웃었다. 자신이 그 파리가 된 것 같은 상상을 했기 때문이었다. 그 파리가 되어서 그러니까, 임수진의 밖에서 임수진을 보고 있는 상상. 무언가가 보이는 것 같았다.

―언니는요?

―나요? 이별이요?

윤찬경이 그렇게 물었다. 농담으로.

오래도록 묵혔다가 바깥으로 토해내는 것 같은 힘겨운 탄식, 살이 찢어지고 뼈가 바스라지고 존재가 타들어가는 고통, 생애 처음 온 힘을 내어보는 것 같은 두려움…… 손이 예쁘다는 말을 하지 않아 이별하련다, 는 임수진에게서 그런 걸 느꼈다면 윤찬경의 오버일지도 몰랐다. 그래도 윤찬경은 무게를 덜어내고 싶은 기분이 들어서 그렇게 농담을 했다.

—아니, 복수요.

임수진이 피식 웃었다. 그래서 아하, 하며 윤찬경도 크게 웃었다.

—복수가 웬 말이에요? 여기 쏠라즈에 있는 구두들 너무 예쁘지 않아요? 이렇게 아름다운 걸로 그렇게 흉한 걸 하면 되겠어요?

윤찬경과 임수진 둘 다 웃었다. 그리고 그건 쏠라즈의 주인으로 윤찬경이 느끼는 자부심이기도 했다. 아름다운 구두는 누군가를 상하게 하기보다 누군가를 다시 일으켜 세우는 데 더 소용이 있는 게 당연하지 않은가. 아름다움이란 그런 거니까. 자, 그러니까 일어나서 이 구두를 신어봐. 그리고 구두를 신은 예쁜 모습을 보여주는 거야. 누구에게? 너 자신에게…… 속으로 그렇게 중얼거리면서 임수진에게 구두가 든 쇼핑백을 건네주었다. 그리고 환한 미소를 지어 보였다.

임수진은 오늘 두 번째 이별을 할 작정이다. 그러니까 이미 첫 번째 이별을 했다는 말이다. 처음 최창수와 헤어지려고 마음먹었을 때 임수진은 두려웠다. 최창수가 어떻게 나올지 몰라 잠이 오지 않았다.

헤어지자, 는 임수진의 말에 최창수는 용서를 빌었다.

—미안해, 수진아. 내가 다 잘못했어. 난 내가 잘난 놈인 줄 알았어. 그래서 모두가 내게 맞춰야 하고 내 말을 들어야 한다고 생각했어. 상대의 마음이나 상처 같은 건 보이지도 않았지. 그런데 헤어지잔 말을 들으니까 너의 마음이 보이고 상처가 느껴져. 아주 섬세하게. 그래서 맘이 아파. 내 마음이 아프다는 거, 내 마음이 느껴진단 거, 처음이야. 네가 그걸 내게 줬어. 아파할 수 있는 마음. 고마워, 수진아. 내가 잘할게.

임수진은 침묵했다. 이미 여러 번 들은 말들이었으니까. 임수진이 침묵으로 거부하자 최창수는 화를 냈다. 험상궂은 표정으로 임수진의 팔을 거칠게 잡아당겼다. 그러다 임수진의 목걸이가 풀어져 바닥에 떨어졌다. 최창수가 소리를 질렀다.

―어떻게 네가 나한테 헤어지잔 말을 할 수가 있어? 내가 너를 얼마나 사랑하는지 내가 얼마나 너한테 잘해줬는지 알잖아?

최창수는 불을 뿜으며 소리 질렀다. 임수진은 덜덜 떨었다. 무서웠다. 최창수가 임수진의 팔을 비틀어 잡아서는 헤어지지 않겠다고 말하라며 흔들어댔다. 임수진은 어지러웠다.

어떻게 된 거지? 분명 서서 최창수에게 팔을 잡힌 채였는데? 임수진은 어느새 바닥에 철퍼덕 앉아 미친 사람처럼 울고 있는 스스로를 발견했다. 뭐지? 잠깐 필름이 끊긴 거였다. 갑자기 혼자가 된 느낌에 서러워 울었다. 태아처럼 몸을 웅크리고 울었다. 엉엉 울었다. 너무 우니까 속이 울렁거리고 토할 거 같은 기분이 되었다. 몸이 떨리면서 으슬으슬 추웠다. 이빨이 부딪치는 한기. 배 속 깊은 곳에서 한기가 퍼져 나왔다. 섭씨 32도. 올 들어 최고 기온인 날이었다. 바닥에 넘어질 때 생긴 상처였는지 턱에서 피가 흘렀다.

―수진 씨가 이별이라니까 하는 말인데…….

윤찬경이 임수진이 신고 왔던 슈즈를 포장하며 별 건 아니라는 표정으로 말했다.

―여기 고객분 중 정하은 씨라고 있어요. 얼마 전에 이별을 했

죠. 너무 슬퍼서 막 눈물이 나려는데, 보니까 상대방 코털이 삐져나와 있었대요. 거기에 코딱지도 붙어 있었고요. 그땐 몰랐는데 그 후로 이별만 떠올리면 코털이 생각나서 마음 아파 울다가도 웃게 되더라고 말해주었어요. 자꾸만 우습고 이상하고 어처구니없는 상상이 되니까 덜 아프더라고요. 하은 씨는 그때부터 아픈 기억이 떠오를라 하면 코털, 코털 하고 중얼거린다죠. 그러면 코털과 코딱지가 아픈 기억을 막아준다고요.

풋. 임수진이 웃었다. 그 웃음은 윤찬경의 거리를 둔 배려에 감사하다는 인사였다. 그랬는데 웃으니까 이상하게 가슴에 얹혔던 돌덩이가 좀 작아진 것 같은 기분이었다. 오늘 최창수의 코털을 찾아볼까? 하는 마음이 생겼달까.

윤찬경은 그저 어깨를 으쓱해 보였다.

―신고 온 구두는 버려주세요.

임수진은 새 구두를 신고 손에는 새 구두를 들고 쏠라즈 문을 열었다. 동시에 속으로 스스로를 너, 라고 불러보았다. 너는 이제 뭔가를 해야만 해, 자…… 용기를 내자고. 임수진은 힘들여 미소 지었다. 그리고 밖으로 나갔다. 두 번째 이별을 하기 위해 새 구두를 신고 걸었다. 두 번째로 끝나지 않겠지만 더는 두려워하지 않을 작정이다. 뒤돌아 쏠라즈의 유리벽에 비친 자신을 보았다.

그러자 고독해져서 중얼거렸다. 세상에 널린 게 너 같은 사람이야…… 혼자 겪는 일이 아니라고…….

어스름이었다. 어디에선지 여름 꽃향기와 달콤한 냄새가 풍겼다. 임수진은 거리를 향해 창을 열어놓고 향기로운 차를 끓이고 있는 윤찬경을 바라보았다. 이윽고 뒤돌아 걷기 시작했다. 처음과 달리 걸음은 단단하게 땅을 디뎠다. 임수진은 작게 중얼거렸다.

— 이제 내가 누구였는지 기억해내면 돼.[5]

....

5. 임수진은 '가스라이팅'을 당했다. '가스라이팅'이란 타인의 판단력을 잃게 만드는 행위를 말한다. 연인이나 가족 등 친밀한 관계에서 주로 나타난다. 가스라이팅 가해자는 거짓말, 사실에 대한 부정, 모순된 표현, 비난 등을 통해 상대방이 자신의 판단력을 의심하게 만든다. 시간이 지날수록 피해자는 자신을 믿지 못하게 되며 가해자에게 정신적으로 의존하게 된다. 우울증과 무기력증을 겪으며 사회적 관계에서 점차 고립된다. 지속적인 가스라이팅은 피해자 자신의 감정과 생각, 인지 경험까지 믿지 못하게 하는 심각한 정서적 학대이다. 임수진의 이야기는 희곡 「가스등Gaslight」을 참조했다.

3장

정하은

이룰 수 없는 꿈을 꾸고

이길 수 없는 적과 싸웠으며

이룰 수 없는 사랑을 하고

잡을 수 없는 저 별을 잡으려 했다.

　—돈키호테

이동섭은 강원도 인제의 한 깊은 숲속에 갤러리를 짓고 있는 중이었다. 건축주의 요청대로 그 갤러리에 스무 명 정도는 충분히 들어가 미술품 불법 거래나 경매 같은 걸 할 수 있는 공간을 따로 만들었다. 말하자면 밀실. 이동섭이 정하은을 그리로 데려 갔다.

좀 더 은밀함을 느끼게 하려는 의도로 이동섭은 벽장 뒤에 숨은 출입구를 통과할 때 손으로 정하은의 눈을 가렸다.

뭐지? 엄청나게 아름다운 공간을 보여주려고? 프로필 가장 윗줄에 적고 싶은 작품을 완성한 건가? 아니면 기대 이상의 선물을 숨겨놓은 건가?

정하은은 그렇게 생각했다. 로맨틱한 이벤트쯤으로.

—이 방 이름을 갤럭시로 지었어. 은하. 하은. 건축주는 그 뜻을 영영 모르겠지.

　　이동섭이 목소리를 낮춰 이렇게 말했으니까. 마치 정하은을 위해 설계했다는 뜻으로 해석할 수 있게끔. 갤럭시, 은하, 라니 좀 올드한 느낌이었지만 따지고 들 문제까지는 아니라고 생각했다. 사실 요즘 들어 이동섭과의 관계가 소원해진 기분이었다. 그걸 이동섭이 눈치챈 모양이라고 생각했다. 정하은은 밀실에 들어서기 전에 어떤 이벤트일까에 대해 상상했다. 문이 열리고 정하은을 앞세워 밀실에 들어가고 등 뒤에서 문이 닫히고. 마침내 이동섭이 정하은의 눈을 가린 손을 풀었다.

　　—아.

　　정하은이 짧게 탄식했다.

　　그 밀실에 있는 것은 오직, 텅 빈 공간뿐이었다. 이벤트도 선물도 정하은이 기뻐할 만한 무엇도 거기에 없었다. 완공되면 보여주는 게 낫지 않았을까? 대체 왜 날 여기 데려온 거지? 이해할 수 없었다. 아. 아무것도 없는 건 아니었다. 아직 공사 중인 텅 빈 공간을 차지하고 있는 건 각종 건축자재와 장비들 그리고 뿌연 흙먼지. 공사를 위해 임시로 매달아놓은 찌를 듯 밝은 백색의 형광등. 정하은이 이동섭을 돌아보았다. 그러니까, 병원에서 쓸 것 같은 조도 높은 형광등 바로 밑에서 겨우 30센티 정도 간격을 두고 이동섭을 보았다. 주름진 피부, 넓어져 구멍 뚫린 것 같은 모공에 누렇게 변색된 치아 색까지 한꺼번에 확 보였다.

갑자기 이 사람이 왜 이렇게 늙어 보이지? 내가 사귀는 사람이 이 사람이었다는 뜻이지? 내가 알던 사람이 맞나? 정하은은 당황했다. 그런 생각들은 논리적이라기보다 찰나의 감각으로 훅 끼쳐왔다. 자신이 이 사람과 사랑에 빠졌었다는 사실을 믿을 수 없는 기분이었다. 백색 형광등 때문일지도 몰라. 이곳까지 오면서 내가 기대했던 것이 아니라서 실망한 때문인지도 모르지. 그래. 그럴 거야.

─너처럼 완벽한 작품은 처음이야.

값비싸고 귀한 것을 탐하는 눈빛이었다. 텅 빈 공간에 이동섭의 말소리가 넓게 퍼졌다. 이동섭은 이 공간을 설계할 때 정하은을 염두에 두고 작업했다. 가끔 이동섭이 사용할 수 있도록 건축주와 미리 얘기를 해두었다. 정하은만을 위한 공간을 한쪽에 꾸밀 작정이었다. 왠지 꼭 그렇게 하고 싶었다. 은밀함과 공간의 아름다움이 정하은에게 더없이 잘 어울릴 것이다. 이미 완성된 공간이 이동섭의 머릿속에 모두 들어 있었다. 아직 작업 중인 공간에 정하은을 데려온 이유는 두 가지. 완성될 때까지 비밀로 하고 싶었는데 더 참을 수 없었다는 것. 그리고 정하은이 이 공간에 있는 모습을 보면 작업의 진척과 완성도에 더욱 박차를 가할 수 있을 거라는 기대. 그러니까 이동섭은 미래의 공간에 정하은을 데려온 것이고 반대로 정하은은 현재의 공간에 머물고 있는 셈이었다.

정하은이 자신을 안고 있는 이동섭의 팔을 풀었다. 그리고 그 비밀스러운 공간을 둘러보았다. 이곳에서 어떤 사람들이 무엇을 하게 될까. 시중에서 구하기 힘든, 그러니까 몰래 숨겨두었거나 훔치거나 혹은 몰래 외국에서 들여온 미술품들이 모여드는 걸까. 알 만한 사람들이 모여 그들만의 대화를 주고받으며 헤아리기 어려운 액수의 돈이 오가게 될까. 때로 미술품 대신 무언가 다른 것도 진열해놓을까. 말하자면 지금 나처럼 누군가를 가운데 두고 둘러보며 서로 품평할까. 왠지, 그들의 삶은 알 수 없는 이유로 무료할 것 같다는 선입견이 있었다.

이동섭이 눈으로 계속 정하은을 좇았다. 정하은이 비라도 맞은 듯 젖어 있다고 느꼈다. 불빛에 비친 정하은의 모습은 아득했다. 나의 이유. 그때 이동섭은 그렇게 느꼈다. 누군가에 대해 그렇게 확신을 갖기는 처음이었다. 이동섭은 정하은 앞에 마주 섰다. 이동섭이 정하은을 쓰다듬었다. 손길이 떨리고, 급하고, 서툴렀다. 정하은은 어떤 대상이 되어 그 밀실의 딱딱하고 차가운 맨바닥에 눕게 되는 상상을 했다. 근육 빠지고 늘어진 피부를 맨몸으로 맞대야 한다는 사실이 갑자기 소름 끼쳤다.

정하은이 이동섭을 밀쳤다. 이동섭을 만난 이후 처음 있는 일이었다. 이동섭이 쓰다듬을 때 정하은은 왠지 온몸에 소름이 끼쳤다. 그의 몽환적인 표정 때문이었을까. 밀실의 공기가 압축되어 육박하는 듯 숨이 막혔다. 시간이 증발해버리고 빛이 흐려지고 호흡이 갇혀서…… 모든 것이 사라져버리고 그의 손길만 남을 것 같은 느낌. 정하은은 밀실에서 뛰쳐나와 어둑해지는 숲길을 홀로 뛰었다. 가을이 깊어가는 숲속은 스산하고 한때 푸르렀던 나뭇잎들이 낙엽이 되어가고 있었다.

—쏠라즈에 가야겠어.

기분 전환을 하고 싶다는 뜻으로 정하은이 그렇게 중얼거렸다.

정하은이 보도블록 길을 걸었다. 하필이면 보도블록 교체 작업 구간이었다. 가뜩이나 미세먼지 때문에 목구멍이 따끔거리는데 공사 먼지까지 풀풀 날렸다. 구두를 신고 걷기에 울퉁불퉁한 길거리는 고역이었다. 보도블록 사이의 틈에 하이힐 굽이 끼기라도 할까봐 발끝에 신경을 모았다.

—하아.

한숨이 나왔다. 앞에 놓인 언덕길을 올려다보고서였다. 콘크리트에 자갈 박아놓은 길. 심지어 계단.

—산 넘어 산이네.

아니나 다를까. 자갈이 빠져버린 홈에 굽이 긁혀서 발목이 휘청. 거친 자갈길에 손바닥을 짚으며 넘어졌다. 제기랄. 욕이 저절로 나왔다. 대체 왜 길을 이따위로 만들어놓는 거지? 그게 예뻐보이나? 그 미적 요소가 사람들 보행을 고려하지 않을 만큼 중요한 거냐고? 하이힐을 신지 마, 라는 의미인가? 무슨 지압 마사지를 받을 것도 아니고, 이 길을 왜 걸어야 하는 건데? 대체 누가 이런 아이디어를 냈는지 꼭 묻고 싶다. 무슨 생각으로 만들었나요? 라고.

—어서 오세요. 쏠라즈에 오신 걸 환영합니다.

—환영은 무슨.

정하은은 윤찬경의 미소에 뾰로통하게 툴툴거렸다.

—왜?

정하은은 익숙하게 매장 한쪽에 위치한 짙은 바이올렛 빛깔의 소파에 털썩 주저앉았다. 부드러운 벨벳 소파가 정하은을 안락하게 받아주었다.

―언니, 매장 다른 데로 옮기면 안 돼? 여긴 너무 안 어울리는 동네잖아.

　―언니라고 부르지 말라니까.

　윤찬경이 정하은을 따라 툴툴거리면서도 웃으면서 말했다.

　―세상 힙한 구두를 파는 매장이 이런 데 있는 게 이상하잖아. 길 건너엔 웬 요양병원? 그리고 저 병원 앞에 의자가 놓여 있는 것도 맘에 안 들어. 가끔 노친네들이 저 의자에 앉아서 여길 들여다보는 건 더 맘에 안 들고.

　―무슨 일인데?

　―하이힐 전문 매장에 오는 사람들이 스니커즈 신고 오겠냐고?

　정하은은 신고 있던 구두를 벗어 윤찬경에게 보여주었다. 굽이 부러져 덜렁거리고 뒷굽은 돌부리에 긁혀 까진 자국이 선명했다. 끔찍했다. 윤찬경이 미간을 찡그렸다. 꼭 산 채로 생가죽이 벗겨진 사람의 피부 같았다.

　―이 구두 여기 두고 가. AS 해줄게. 이렇게 망가진 구두를 보니까 마음이 아프다.

　―그렇지? 언니도 기분 나쁘지?

　정하은이 싱긋 웃었다. 화날 때 가장 유효한 위로는 함께 화내

주는 것 아닌가. 윤찬경이 정하은의 손바닥을 힐끗 보고 탕비실로 들어가 물수건을 챙겨 나왔다.

—손 이리 줘봐, 고객님.

정하은의 손바닥엔 자잘한 모래흙이 박혀 있고 검푸른 멍이 들어 있었다. 윤찬경이 정하은의 손을 직접 닦아주었다. 정하은은 윤찬경이 하는 대로 내버려두었다. 다 닦을 때까지 그저 보았다. 이윽고 평화로워졌다.

—간호사는 언니가 해야 하는데.

정하은이 웃었는데 어쩐지 쓸쓸해 보이기도 했다.

정하은은 서른넷의 외과 전문 간호사다. 손이 꼼꼼해 섬세한 작업이 필요한 외과에 적합하지만 서류 작업엔 젬병이어서 언제나 윗사람들에게 야단을 맞는 데다 환자들을 차갑게 대한다는 이유로 자주 지적을 당해 병원을 그만두어야 할지 고민하고 있는 중이다.

이동섭은 명망 있고 건실하며 꽤나 유명한 건축가였다. 대학 신입생 때 같은 과에서 만나 사귄 여자와 졸업과 동시에 결혼하고 8년 전에 사별했다. 그때 이동섭은 마흔여섯이었다. 아내 집안에 위암으로 사망한 가족이 넷이나 있었는데 가족력이 분명한 병을 제때 발견해내지 못한 건 자신 탓이라고 자책했다. 다시는 자신의 잘못으로 누군가를 잃는 일은 없을 거라고 스스로 다 짐했다.

정하은과 이동섭은 따로 떠났던 여행지에서 우연히 만났다. 1년 전, 그러니까 정하은이 서른셋, 이동섭이 쉰셋의 나이였을 때였다. 이동섭은 때마침 그곳에서 정하은을 만나 사랑에 빠졌다는 사실에 대해 '운명적'이라는 단어를 두고두고 사용해 말하곤 했다. 정하은은 그때마다 운명과 우연의 차이를 알 수 없어 매번 고개를 갸웃거렸다.

─나 오늘 여기서 제일 굽이 높은 구두 살 거야.

정하은은 블루 블랙으로 염색한 긴 생머리에 턱이 날렵하다. 고양이 상으로 꼬리가 올라간 눈매는 웬만한 강심장이 아니라면 똑바로 눈 맞춘 채 1분을 버티기 힘들 정도다. 복사뼈 위에서 끝나는 스키니한 블랙 데님에 힐렁한 실크 셔츠를 무심하게 걸친 그녀는 크리스찬 루부탱의 잘빠진 블랙 스웨이드 힐을 신고 있었다. 정하은의 가느다란 발목과 볼록하게 드러난 복사뼈. 발목과 종아리의 완벽한 하모니. 정하은은 '쏠라즈'에 가장 어울리는 고객이었다.

윤찬경이 새삼스럽게 탐색하는 눈빛으로 정하은을 바라보았다. 오늘 정하은의 태도는 뭐랄까…… 누군가에게 상처 입었거나, 혹은 누군가를 상처 입힐 작정을 했거나, 둘 중 하나일 듯싶었다. 윤찬경은 섣불리 묻지 않았다.

—그래. 구두 가게에 왔으면 예쁜 구두부터 신어봐야지, 고객님?

윤찬경이 매장 안 수백 켤레의 구두를 둘러보지도 않고 망설임 없이 걸어가 구두를 골랐다.

—한번 신어보자, 고객님.

—앗.

정하은의 짧은 탄성.

—가죽 표면에 뱀피 무늬가 프린트되어 있고 은은하게 톤다운된 오렌지색이 숨넘어가게 만드는 스틸레토 힐입니다, 고객님.

정하은이 구두를 받아 들었다. 베이식한 바탕에 뱀피 무늬가 엠보로 새겨져 있는 하이힐이다. 정하은은 베이식한 스타일을 선호한다. 각종 팬츠류부터 스커트와 원피스, 드레스까지 무한한 믹스 매칭이 가능하고 무엇보다 높은 굽에 집중하려면 그 편이 옳다고 믿는다. 거기다 오렌지 느낌이 강한 테라코타 색깔. 일몰과는 어딘지 다른 아침노을의 느낌. 새로운 출발에 앞서 혼돈의 언저리에서 서성이는 느낌이랄까. 한마디로 매혹적.

—굽이 어마어마해. 14센티. 이런 타워링 슈즈에 올라갈 수 있는 사람은 하은 씨밖에 없지.

정하은이 천천히, 구두를 신어보았다. 앞쪽의 굽을 높여 전체적으로 안정감을 더해주는 가보시조차 없어 구두는 더 아찔해 보였다. 앞쪽 라인 쪽으로 마치 드레스를 입었을 때 가슴골이 드러나듯 발가락 사이가 살짝 보였다. 구두에 발을 밀어 넣는 순간 발등부터 발목, 허벅지, 척추를 거쳐 정수리까지 쫙 전율이 퍼졌다.

정하은이 걸었다. 무려 14센티 굽의 스틸레토 힐을 신고 걷는 정하은의 걸음은 섬세하고, 종종거렸다. 엄청난 높이의 힐 때문에 무게중심이 바뀌어 엉덩이는 바짝 올라가고 자연스럽게 엉덩이를 좌우로 크게 흔들면서 걷는 걸음걸이가 됐다. 정하은이 걸음을 뗄 때마다 또각또각, 페티시를 부르는 묘한 소음이 쏠라즈를 흔들었다.

—사디스트가 된 기분이야.

정하은이 더욱 곧추서며 말했다.

—발밑에 송곳을 장착한 느낌이지? 페라가모에게 감사해.[6]

6. 1955년 페라가모는 특수한 금속 핀을 사용해 굉장히 가늘고 높은 굽을 만들어냈다. 스틸레토는 이탈리아어로 송곳칼이라는 뜻이다. 앞코가 뾰족하고 굽이 매우 가늘고 높아서 보통 킬힐

정하은은 한쪽 벽을 거의 다 차지한 커다란 거울 앞에 서서 스스로를 보았다. 14센티의 굽 위에서 정하은은, 더욱 정하은다워 보였다. 아니다. 그렇게 느낀다는 게 맞다. 스스로 원하는 이상형에 가깝달까. 자신의 판단을 의심하지 않으며 자기 결정에 충실하고 결과에 책임질 줄 아는 그런 사람. 정하은이 생각하기에 스스로 그런 사람이 되기를 희망하는구나, 싶었다. 어쩐지 하이힐을 신고 있을 때 더욱 그 열망이 강해지는 것을 느끼곤 했다. 하이힐을 신으면 원치 않아도 똑바로 서 있을 수밖에 없어서 그런지도.

윤찬경이 스틸레토 힐을 신은 정하은을 보았다. 뽀얀 발등은 아기 속살 같았고, 가느다랗고 곧은 발목은 선명하면서도 부드러워 벗은 목덜미 같은 느낌. 알맞은 각도로 매끄럽게 파동 치는 곡선. 우아한 윤곽. 분홍빛 맨살과 톤다운 된 오렌지색의 매혹적인 배열.

정하은은 섹시했다. 섹시함이란 규정되지 않으며 선명하지

이라고 한다. 송곳 같은 하이힐은 평방인치당 2톤의 무게로 바닥을 누르는 것과 같은 힘을 가진다. 따라서 누군가의 급소를 내리찍는 무기로 사용할 수도 있다. 실제로 2013년 미국 휴스턴에서 14센티의 하이힐로 휴스턴 대학교수로 재직하던 남자 친구의 머리와 안면을 수십 차례 가격해 사망에 이르게 한 사건이 발생했다. 그러나 그녀가 왜 그런 극단적인 행동을 했는지에 대해서는 자세히 알려지지 않았다.

않은 것에서 비롯되는 에너지다. 미리 정해진 모든 것과, 관습으로 굳어져 옳다고 믿는 것을 '의심'하는 것. 그리하여 섹시함은 홀로 헤치고 나아가며 스스로의 기준을 따로 마련해 실천한다. 그러자니 언제나 혼돈이 함께하는 삶. 정하은은 지금 혼란한가. 윤찬경은 정하은에게 있어서 그 혼란이 오래 지속되지는 않을 거라고 짐작했다. 그것이 정하은이니까.

—하나 더 신어볼래? 고객님?

—완전 좋지.

정하은이 웃었다. 구두를 고르는 윤찬경의 등에 대고 선명한 목소리로 말했다.

—이유는 잘 모르겠어. 난 그냥 어릴 때부터 구두에 대한 집착이 좀 심했어.

정하은은 유독 구두를 좋아했다. 그리고 윤찬경도 그랬다. 그 점에서 둘은 이해와 공감의 바탕을 이미 깔고 있는 거였다. 둘 다 왠지 아름다운 구두를 보면 평온해지곤 했다. 어떤 상황이 닥쳤을 때, 그걸 해결하고 정리하기 위한 숨 고르기가 필요할 때, 안정되고 규칙적인 호흡으로 돌아올 수 있도록 해주었다. 말하자면 스스로에게 집중해 앞으로 내릴 결정에 스스로 신뢰를 얹어주는 것.

어릴 적, 정하은은 구두놀이로 하루를 보냈다. 종일 혼자 놀아도 외롭지 않았다. 부모님은 바빴고 돌봐주던 조모는 정하은의 욕구를 이해하지 못했다. 정하은은 네댓 살 무렵부터 엄마의 구두를 꺼내 신고 놀다가 넘어져 다친 적이 한두 번이 아니었다. 친구들이 스타벅스 커피와 더 슬림한 노트북에 열광할 때 정하은은 그 돈을 모아 구두를 한 켤레 더 샀다. 누구나 어떤 것 하나에는 무방비 상태가 되기 마련 아닌가.

—하은 씨 구두 많잖아?

윤찬경이 뒤도 돌아보지 않고 큰 소리로 대꾸했다. 어차피 매장 안에는 윤찬경과 정하은 둘뿐이었다.

—많아. 그래도 예쁜 구두를 보면 몇 날 며칠 눈앞에 아른거리는데 어떡해. 사야지. 어떻게 살아야 하는 걸까, 싶다가도 다시 잘 살아봐야겠다, 싶으니까. 이거 병일까?

윤찬경이 구두 든 손을 등 뒤로 하고 정하은을 향해 왔다.

—한숨 쉬고, 술 마시고, 약 먹고, 그마저도 안 되면 다 그만둬버릴까, 생각하는 것보단 훨 낫지. 오늘 그래서 온 거 아냐? 술, 한숨, 이런 거 싫어서?

—역시 언니는 뭔가 있어. 분명해. 구두 소믈리에가 아니라 무슨 독심술사 같다니까.

윤찬경이 손을 앞으로 내밀었다.

—하은 씨 온다고 해서 일부러 따로 빼두었던 거야. 아몬드 토 하이힐 펌프스. 블랙 앤 화이트 천연 송치가 유니크하지.

윤찬경은 오늘 쏠라즈에서 가장 높은 굽의 구두만을 택해 보여주었다. 곡예를 하듯 아슬아슬한 청키 힐. 15센티. 그것이 정하은에 대한 구두 처방이었다. 뾰족한 무언가에 마음을 찔린 것 같을 때, 혹은 그 뾰족한 굽으로 무언가를 산산조각 내고 싶은 기분일 때. 황홀할 만큼 아름답지만 신고 걸으면 앞으로 고꾸라져 금세 몸 깊숙이 상처를 입을 것만 같은.

—그래. 바로 이 아이야. 내가 찾던 아이.

정하은은 우울했던 마음이 가시는 것 같았다.

—하은 씨는 칼발이라 아몬드 토가 예쁘지.

메탈, 스터드, 체인 같은 하드코어 디테일이 들어가지 않았는데도 충분히 고압적이고 자기주장이 강한 구두였다. 15센티라는 어마어마한 굽이 드높았다. 구두를 신은 정하은이 조심스럽게 벨벳 소파에서 일어났다. 정하은도 15센티 굽의 구두를 신는 건 처음이었다. 걸음을 떼다 휘청, 윤찬경이 재빨리 정하은의 흔들림을 붙잡아주었다. 쏠라즈에 오기 전 정하은은 어찌해야 할지 모르겠는 기분이었다. 하지만 지금은 당장 또 며칠 정도 살아갈 에너지가 차오른 거 같았다. 쓸모없는 환상이라 해도 상관없었다.

—하은 씨 발가락이 데콜테처럼 살짝 드러난 게 멋지네.[7]

—쉿.

정하은이 윤찬경의 손을 잡음과 동시에 매장 뒤쪽으로 급하게 뛰었다. 15센티 힐이 드라마틱하게 또각거리는 소리를 만들어냈다. 둘은 탕비실로 들어갔다. 윤찬경을 자신의 뒤쪽에 숨게 하고 벨벳 커튼을 5센티쯤 열어 바깥의 동정을 살폈다. 가느다란 커튼 틈으로 엿보는 매장은 여러 갈래로 조각나 보였다.

—언니, 나랑 소주 한잔할래?

—지금?

—기다릴까? 끝날 때?

정하은이 계속해서 바깥을 훔쳐보면서 뒤돌아보지 않은 채 말했다.

—오늘 예약 고객은 하은 씨가 끝이야.

윤찬경은 아무것도 묻지 않았다. 정하은을 제치고 매장을 가

---

7. 드레스에 데콜테가 있다면 구두에는 스로트라인throatline이 있다. 발등 바로 아래 뱀프vamp 끝의 실루엣을 지칭하는데 여성용 구두에는 다양한 타입의 스로트라인이 있지만 남성용 구두에는 없다. 힐에는 깊게 혹은 낮게 파인 스로트라인이 있다. 섹시한 드레스가 가슴 사이의 골짜기를 보여준다면 섹시한 구두는 발가락 사이의 틈을 드러내준다.

로질러 곧장 문으로 다가가 안쪽으로 잠금장치를 걸고 클로즈드 팻말을 매달았다. 정하은은 단골손님이고 어차피 쏠라즈는 한 번에 한 명씩 예약 손님만 받는 시스템인 데다 오늘은 저녁때 예약했던 고객이 예약 취소한 게 맞았다.

이동섭은 길 건너 요양병원 앞에서 이쪽을 보고 있었다. 윤찬경은 이동섭을 처음 보았으나 딱 봐도 이동섭이란 걸 알 수 있었다. 잡지나 방송에서 가끔 봤던 모습대로 깔끔하고 딱 떨어지는 중년의 인상이었다. 이동섭이 담배를 물고 요양병원 앞에 놓인 빈 의자 앞을 오락가락했다.

―맞지?

정하은이 윤찬경에게 물었다.

―응. 맞아.

정하은은 윤찬경이 오늘 처음 이동섭을 본 거란 사실을 모르는 걸까? 아니면 이동섭 정도라면 모르는 사람이 없을 거라고 생각하는 걸까?

정하은이 미니 냉장고를 열었다.

―이럴 줄 알았다니까. 언니라면 냉장고에 늘 소주가 있을 줄 알았어.

정하은이 소주병을 꺼내 접이식 보조 의자에 앉아 뚜껑을 돌려 열었다. 그걸 윤찬경이 잡아챘다.

—고객님은 새거 마셔.

새 소주병을 꺼내 정하은에게 건네고 마시던 소주병을 들고 윤찬경이 맞은편 의자에 가 앉았다. 보조 의자는 두 사람이 움직일 때마다 삐걱거리는 소리를 냈다.

—안주는 이거밖에 없어.

정하은은 윤찬경이 꺼내놓은 크래커를 씹고 소주를 병째 입에 대고 마셨다. 어둑한 조명이 소주를 마시느라 들어 올려진 정하은의 턱 선을 날카롭게 드러내주었다.

—동섭 씨는 내가 자길 엿보고 있는 걸 알까?

정하은은 연인이 서로를 관음하는 상황이 어이없어 피식 웃었다.

—모를 리 없겠지. 가게 문까지 닫아걸었는데. 말해봐. 이동섭 씨가 왜 그러는지.

—내가…… 딴 남자 만났거든.

심란한 마음에 정하은은 친구와 제주도로 여행을 갔다. 그곳에서 엘리오를 만났다. 스페인에서 온 스물다섯 살짜리 여행자.

여행하며 사는 애. 여행하려고 일하는 애. 이름은 엘리오.

정하은이 편의점에서 생리대를 고르던 중에 외국인이 서툰 한국어로 말했다.

—저기…….

낯선 외국인이 말을 걸어 지리를 물어보는 것이겠거니 생각하고 엘리오를 마주 보았다. 정방폭포가 어딘지, 흑돼지 맛집이 어딘지 물을 거라 생각하고 머릿속으로 제주 지리에 대해 떠올리고 있던 참이었다.

그는 정하은이 들고 있는 생리대를 가리키면서 자기가 계산하면 안 되겠냐고 물었다.

정하은은 그가 들고 있는 생수병과 자신이 들고 있는 생리대를 번갈아 보았다. 그리고 어떡해야 할지 고민했다. 그럴 경우, 마땅한 대처법에는 두 가지 선택지가 있을 터였다. 첫 번째, 어디서 수작을 거는 거냐고 소리를 지르는 것. 두 번째, 들고 있던 생리대를 그의 면상에 집어 던지고 경찰에 전화하는 것. 그것이 여자들의 불문율이자 학습되어온 매뉴얼이니까.

두 가지 모두 한바탕 소동이 벌어질 게 뻔했다. 외국인은 낯선 한국의 경찰서로 끌려가겠지. 이어 정하은 또한 그 밤에 참고인, 혹은 피해자 신분으로 함께 경찰서로 가야 할 것이다. 또 정하은은 도와줄 누군가에게 연락을 해야 할 텐데 이동섭을 제외하면 떠오르는 사람이 없었다. 이동섭은 이 밤에 당장 비행기 타고 제주도로 오겠다고 득달같이 자리를 털고 일어날 것이며 대체 왜 말도 없이 제주도에 혼자 간 것이냐, 여자 혼자 돌아다니니까 그런 봉변을 당하는 것이 아니겠느냐, 어쩌고…….

복잡한 과정을 생각하다가 문득 그의 얼굴을 보았다. 그는 정하은을 향해 살짝 미소 짓고 있었다. 그 담백함이 정하은을 머뭇거리게 만들었다. 소리 지르고 전화하는 게 마땅했지만 정하은은 망설였다. 불문율과 매뉴얼 말고 또 다른 선택지는 없을까. 여행지에서 이방인을 만났을 때 기대할 수 있는 어떤 것들.

—그냥…… 뭐라도 선물을 사주고 싶어서요.

그가 말했다. 갓 샤워를 마치고 나왔는지 그의 곱슬머리는 젖어 있었다. 그랬는데도 그에게선 비누 냄새가 아니라 체취가 강하게 풍기고 있었다. 정하은은 대꾸 없이 그를 보았다.

이윽고 정하은이 생리대를 계산대 위에 올려놓은 다음 그가 계산하기 편하도록 옆으로 한 걸음 비켜섰다.

정하은과 엘리오는 제주도에서 일주일을 함께 보냈다. 일주일이 지나고 난 뒤, 정하은은 일주일이 너무 짧다고 생각했다. 그 일주일 내내 정하은이 느낀 엄청난 에너지는 살면서 첫 경험이라고 생각했다.

바람을 피웠노라, 고백해놓고 정하은은 더 말을 잇지 않고 매
장을 뚫어져라 보았다. 한쪽 벽면을 다 차지한 거울 옆으로 어른
허벅지 높이까지 솟은 대형 구두 조형물이 놓여 있었다. 은색의
금속성 재질에 매우 반짝이고 높고 크고 화려한데 구두 밑창은
방금 칠한 것처럼 신선한 느낌을 주는 빨간색이었다.

―언니, 저건 그거 뭐지?

정하은은 커튼 틈으로 손가락 하나만 내밀어 구두 조형물을
가리켰다.

―베르사유 궁전 거울의 방에 있는 거. 루이 14세 구두.[8]

정하은은 대강 고개를 끄덕이고는 거울 옆에 걸린 그림에 눈
을 멈췄다.

―저…… 그림 말이야. 여길 수십 번은 왔는데 오늘에야 저 그
림이 보이네.

....

8. 루이 14세는 1.63미터로 단신이었다. 그는 늘 10센티가 넘는 힐을 신어 자신의 키를 높였다. 그
   의 신발창과 힐의 색깔은 늘 빨간색이었다. 1670년 루이 14세는 자신의 조정에 속한 이들만 빨
   간색 힐을 신을 수 있다는 칙령을 발표했다. 결국 왕의 총애를 받는지 알려면, 그 사람이 신은
   신발과 뒤축의 색만 체크하면 됐다. '크리스찬 루부탱'의 빨간색 구두 밑창은 바로 루이 14세
   가 처음 사용한 빨간 구두 밑창을 루부탱이 '차이니스 레드'라는 이름으로 상표등록하여 사
   용한 것이다.

정하은이 쓰게 웃었다.

중세 유럽 화가 프라고나르가 그린 「그네」라는 그림이었다.[9] 숲이 우거진 정원에서 나이 지긋한 남자가 밀어주는 그네를 타고 있는 그림 속 여자가 눈으로는 앞쪽 나무숲에 숨어 있는 젊은 남자를 내려다보고 있었다. 그림 속 여자는 구두 한 짝을 벗어서 마치 미끼를 던지듯 젊은 남자에게 날려 보내고 있었다.

―두 남자 사이에서 외줄 타기는 아무나 못 하지.

윤찬경의 말에 정하은이 웃었다.

―나도 그래볼까? 아니면, 신데렐라처럼 일부러 구두 한 짝 흘리는 방법?

정하은이 구두 한 짝을 벗어 까딱거렸다.

―일부러?

―응. 그렇지 않을까? 사실 신데렐라는 구두가 어떤 의미인지 알았던 거지. 그런데 그림 속 여자 구두가 몸에 비해 말도 안 되게 작다.

그러고 보니 그랬다. 생각해보니까 신데렐라의 유리 구두도

---

9. 로코코 시대의 에로티즘을 표현한 그림. 프랑스의 풍속화가였던 장 오노레 프라고나르Jean Honoré Fragonard는 상 쥘리앙 백작의 의뢰를 받고 이 그림을 그렸다. 그림에 나오는 남자=백작과 또 다른 젊은 남자 사이에서의 아슬아슬한 그네 타기. 여인의 자그마한 발과 벗겨진 신발이 묘하게 에로틱한 느낌을 준다.

엄청 작았구나, 라고 속으로 중얼거리며 윤찬경이 소주병을 들었다.[10]

—자, 건배.

윤찬경이 정하은의 눈치를 살피며 말했다.

—건배는 무슨.

—그럼 이제 말해봐.

정하은이 망설이듯 고개를 숙이다가 이내 윤찬경을 보고 말했다.

—근데 여기 이름 쏠라즈가 스페인어라며?

—엘리오가 가르쳐준 모양이네.

윤찬경이 웃었다.

구두를 신고 여행 가는 사람은 흔치 않다. 엘리오는 편의점에서 처음 정하은을 봤을 때 여행자가 분명한데 구두를 신고 있는 모습에 반했다고 했다. 그 독특함과 자기 확신과 그것을 위해서

....

10. 그림 형제가 쓴 원작에는 유리 구두가 얼마나 작은지에 대해 잔혹하게 묘사하고 있다. "신데 렐라의 두 언니가 유리 구두를 신어볼 차례가 왔다. 맏언니는 자기 방으로 구두를 가져가서 억지로 발을 끼워 넣었지만 넓은 발가락이 들어가지 않았다. 그러자 엄마가 말했다. '도끼를 가져와서 발가락을 잘라버려라.' 맏언니는 붕대를 두른 채 궁으로 들어갔으나, 스며 나오는 피가 멈추지 않아 들키고 말았다. 둘째 언니 차례가 왔다. 이번에는 둔탁한 뒤꿈치가 들어가 지 않았고, 둘째 언니 역시 뒤꿈치를 칼로 쳐낸 후 구두를 신었지만 마찬가지 이유로 궁에서 쫓겨났다." 발이 작아야 섹스어필했던 건 동서양이 마찬가지다. 중국의 전족 또한 미친가지 맥락이며 여자의 발이 작을수록 성적충동이 더 강하고 질의 주름이 더 많다는 속설이 있다.

라면 발이 느낄 고통도 감수하겠다는 다짐까지도 모두 읽을 수 있었다고 했다. 자기도 여행하며 살기 위해 많은 것을 포기했고 또 때로 고통스러울 때도 있지만 그만둘 생각은 없다고 말이다.

정하은은 일주일 내내 어릴 적 혼자 구두놀이를 했던 얘기부터 시작해서 지금에 이르기까지 스스로에 관해 거의 모든 걸 얘기했다. 까닭을 딱 꼬집어 말하라면 말할 수도 있겠으나 다 그만두고, 편안했다. 이해받는 느낌이 무언지 알 것 같았다. 뭐랄까. 마음의 주름이 펴지는 기분이랄까. 정하은은 침대 발치에 기대앉아 엘리오의 눈을 들여다보면서 쏠라즈에 대해 말해주었다.

—마음의 위안이네.

엘리오가 그렇게 말했다. 쏠라즈는 스페인어로 '마음의 위안'이라는 뜻이라고. 정하은은 쏠라즈가 태양과 관련된 뜻인 줄 알고 있었다. 영어 단어 'solar'에서 온 게 아닐까 짐작했었다.

—내 이름이 태양이란 뜻인데.

엘리오가 그렇게 말하면서 웃었다. 20대 남자는 섹시했다. 좋아하는 것과 그렇지 않은 것이 선명하고 한계를 두어야 하는 경우와 미친 듯이 달려들어야 하는 경우를 명확하게 구별했다. 모험심이 살아 있고 강렬하고 황홀한 냄새가 났다. 가까이서 맡으면 태양의 냄새가 이럴까. 정하은은 그 냄새에 아득해졌다.

―이동섭 씨에게 들켰고, 그래서 싸웠구나?

더 에두르지 않고 윤찬경이 물었다.

―아니. 전보다 더 나한테 잘해.

엘리오의 존재를 알고서도 이동섭은 화내지 않았다. 이동섭은 한국에서 유일하게 미슐랭 쓰리스타가 달린 롯데호텔의 피에르 가니에르 레스토랑을 예약했다. 35층의 멋진 야경을 볼 수 있는 창가 자리로 특별히 부탁했다.

정하은은 이동섭이 왜 화내지 않는 것인지 알 수 없었다. 최고급 프렌치 레스토랑의 창가 자리에 앉아 서울 시내 야경을 내려다보며 값비싼 음식을 먹고 과장된 이동섭의 웃음을 지켜보면서 내내 의아했다. 연인이 바람을 피웠다는데 어떻게 웃을 수 있지? 저 나이가 되면 그런 일쯤은 아무것도 아니게 되는 걸까. 정하은은 문득 오싹해졌다. 이동섭의 관대한 태도는 오히려 안간힘? 혹은 절박함에서 발현된 매달리기쯤이 아닐까 싶었다. 정하은은 이동섭이 화를 내고 소리 지르고 서로 싸우기를 원했으면 싶었다. 생각해보니 둘은 한 번도 싸운 적이 없었다. 매번 이동섭이 다 받아주었으니까.

정하은은 디저트로 나온 초콜릿 수플레의 맛이 느껴지지 않왔다.

　—너는 영혼이 미끄러워.

　이동섭이 말했다. 테이블 위 기다란 촛대 위에서 촛불이 흔들
리며 그림자가 일렁였다. 초콜릿 수플레가 입안에서 미끄러지는
것 같았다. 느끼한 맛이었다. 이동섭이 말을 이었다.

　—……마치 얇은 막으로 싸여 있는 것 같아……. 꽉 움켜쥐려
고 들면 너는 잠깐 내 손안에 들어온 듯 작아졌다가 갑자기 퉁 하
고 커지면서 내 바깥으로 튕겨 나가지……. 내 손안에 너를 잠깐
쥐었을 때 너를 완전하게 가졌다고 착각해서 내 마음대로 쥐락
펴락할 수 있다고 믿게 해……. 그렇지만 그렇게 믿는 순간 너는
어마어마한 탄성을 가진 공처럼 내게서 퉁 하고 튕겨 나가 내 손
이 닿지 않을 만큼 먼 곳으로 도망가버리고 말지…….

　이동섭의 말이 정하은의 귓바퀴 바깥쪽에서 자꾸만 미끄러
졌다.

　—……나는 너를 손에 쥐었던 그 달콤함과 꽉 찼던 그 가득한
행복감을 잊지 못하고 그걸 다시 되찾고 싶어져……. 마치 내 인
생에서 오로지 나만의 것을 가졌다가 불시에 빼앗겨버린 어린
아이의 심정이 되고 말지……. 결국 난 네가 없어져버린 커다란
공간과 내 것을 되찾고 싶다는 욕망 때문에 네 앞으로 더욱 다가

가…… 다시 내게 돌아오라고 애원하게 되지……. 그러면 너는 그제야 본색을 드러내곤 이번엔 내가 네 손안으로 들어오라고 명령하지……. 나는 반항하지만 어디서도 느낄 수 없었던 깊은 소속감을 갈망해서 결국 네 앞에 무릎 꿇고 말아……. 넌 그런 여자야…….

이동섭의 말은 매끄럽고, 넘쳐흘렀다. 그동안 이동섭에게 여러 번 들었던 종류의 말들이었다. 언제나 달콤했고 들을 때마다 황홀해지곤 했었다. 그런데 그날, 초콜릿 수플레가 너무 달아 속이 아리다고 느꼈던 그 밤, 정하은은 이동섭을 보는 대신 창밖을 바라보았다.

왜 이제 그런 말들이 밖으로 튕겨지는 걸까. 셰익스피어의 희곡 같은 데나 나올 말이라고 생각했다. 얼마 전까지도 분명 나를 행복하게 했던 말들인데. 말에도 유효기간이 있는 건가. 어쩌면 사랑도 그런 걸까. 알 수 없었다.

이동섭이 쏠라즈의 문을 노크했다. 정하은이 황급히 탕비실 커튼을 완전히 닫아 차단했다.

―결혼하재.

―응? 이동섭 씨가?

―너무 간절해서 무서워.

물론 정하은도 서로를 간절하게 원한다고 느낄 때가 있긴 했다. 서른넷에 일선 간호사로 머물며 지칠 때마다 이동섭이 다독여주었다. 매일 스무 명이 넘는 환자를 돌보느라 방광염을 달고 살고 야근 때문에 하루 네 시간도 못 잔 다음 날 잦은 실수로 수간호사에게 혼쭐이 나 돌아오면 이동섭은 정성 들여 정하은을 위로했다. 정하은은 이동섭의 따뜻함 안에서 반듯하게 누워, 울지 않고 잘 수 있었다. 정하은의 삶을 통틀어 딱 그 순간 간절했다. 그때마다 정하은은 간절하다는 게 뭘까, 생각해보았다. 서로가 아니면 죽을 것도 아니고 밥을 안 먹을 것도 아니고 똥을 안쌀 것도 아니고 월말에 세금을 안 낼 것도 아니고. 이동섭 또한 간절하건 그렇지 않건 건축주의 불평을 들어주고 아이의 입시 문제 때문에 골머리를 앓고 고양이 밥을 챙겨주고 아침마다 팬티를 갈아입고 점심 메뉴를 고민할 거 아닌가.

―하은 씨는 결혼이 별로?

―고모가 세 번 결혼했어. 어떻게 고모는 결혼을 세 번씩이나할 수 있었을까.

이동섭에게 결혼 얘기를 들었을 때 정하은은 미용사로 일하는 고모를 떠올렸다. 고모의 결혼 생활을 꼼꼼하게 따져보았고 그 낱낱의 경위와 진행 과정을 짐작해보았다. 정하은이 보기에 결혼이란 스스로를 끊임없이 버려야만 유지할 수 있는 거였다.

결혼이라니. 생각만으로도 지루해졌다.

롯데호텔 35층, 값비싼 레스토랑에 앉아 정하은이 음식을 깨작거리고 있을 때 이동섭이 프러포즈했다. 이동섭은 조급해했다. 만약 지금 프러포즈하지 않으면 정하은이 마치 빚쟁이처럼 그녀 자신을 영원히 회수해 가고 이동섭에게는 모든 것을 잃은 듯한 고통과 병신같이 프러포즈도 하지 못했다는 자기 비하만 남겨둘 거라고 믿는 듯 보였다.

—생각해봤어. 넌 내가 영원히 잃었다고 생각했던 걸 다시 떠올리게 해준 여자야. 그 여행지에서의 밤은 정말이지 내겐 잊을 수 없는 기억이더라. 그날 듣던 빗소리가 아직도 가끔 들려서 심장이 뛰곤 해.

정하은도 생각해보았다. 찬찬히 되짚어 생각해보니까…… 정하은은 매번 여행지에서 사랑에 빠졌다. 정하은은 작게 아, 하는 탄성을 뱉었다. 이동섭이 불쑥 반지를 내밀었다.

—너는 그냥 지금처럼 내 옆에 있어주기만 하면 돼. 우리는 아무 문제 없을 테고 분명 행복할 거야. 그리고 1년에 한 번씩은 꼭 여행 가자. 그때마다 우리가 처음 만났던 때를 떠올리는 거야. 그

러면 우린 권태기 따위 모르는 부부가 될 거야.

부부라니. 정하은은 마치 생전 처음 듣는 낱말인 것처럼 낯설었다. 정하은은 이동섭에 대해 채무자가 된 것 같은 기분이 들었다. 섹스와 사랑은 결혼을 하지 않아도 나눌 수 있다. 그런 거라면 이미 충분할 만큼 나누고 있기도 했다. 그런데 왜 하필 지금, 결혼일까?

이동섭이 쏠라즈의 문을 세게 두드렸다. 정하은이 좁은 탕비실 안에서 이리저리 걸었다. 스틸레토 힐이 뾰족하고 날카로운 소리를 내며 딱딱, 바닥을 굴렀다. 사랑이 불안해지니까 오히려 사랑은 점점 더 사랑에 집착하게 만들었다. 사랑이 진해지면 원래 각자의 시간과 각자의 색깔과 개성도 사라지고 마는 것일까. 정하은은 가느다랗게 열린 커튼 틈을 노려보았다.

이동섭이 주먹으로 문을 쿵쿵 쳤다.

─하은아, 하은아. 내 말 좀 들어봐. 서로 얼굴 보고 얘기해야 오해도 없어질 수 있는 거야. 하은아! 하은아, 용서해줄게. 내가 다 용서할게. 제발 얼굴 보고 얘기하자!

용서? 왜 용서해준다는 거지? 용서라니. 그건 정하은이 잘못을 했고 그걸 이동섭이 심판한다는 뜻이잖아. 단지 사랑을 했을 뿐인데. 이동섭이 정하은을 심판할 수 있는 자격을 대체 누가 준 걸까.

—이동섭 씨랑 헤어지고 싶은 거야? 그렇다면 내가 헤어질 수 있는 방법을 알려줄게.

윤찬경이 말했다. 정하은이 고개를 저었다.

—헤어지고 싶지 않은 거야?

—모르겠어, 언니.

윤찬경은 그저 고개를 끄덕였다.

—그래도 이거 신고 엘리오랑 여행 가고 싶어.

정하은이 스스로를 내려다보았다. 최고급 천연 송치로 제작되어 블랙 앤 화이트 배색 대비가 매력적인 15센티 스틸레토 힐. 곡예를 하듯 아슬아슬한 힐을 신고 정하은은 또각거리며 걸었다.

정하은은 연신 자신의 모습을 아래위로 훑어보았다.

—그런데 하은 씨, 발은 괜찮아?

—아니. 힐 오래 신은 사람치고 발 멀쩡한 사람이 어디 있겠어. 새끼발가락이 안쪽으로 말려서 굳어버렸어. 얼마 전엔 발톱이 빠져버렸고. 엄지발가락 안쪽에 혹이 생기는 건막류 증상도 있어.

―그런데 왜 힐을 신어?

―예쁘잖아. 이렇게 예쁜데 어떻게 안 신어?

어쩌면 하이힐이나 사랑이나 매한가지일지도. 아름답지만 아프니까. 윤찬경은 그런 생각을 하면서 쏠라즈의 문을 간절하게 두드리고 있는 이동섭을 커튼 틈으로 살짝 엿보았다.

쿵. 쿵. 쿵.

길 건너 한솔요양병원 빈 의자 밑에 들국화가 하늘거렸다.

깊은 가을에 꽃이 시들어가고 있었다.

안 슬픈 걸로.

4장

신종현

우리는 서로 만남도 없고, 깊이도 없는 세대다.

우리의 깊이는 나락과도 같다.

우리는 행복도 모르고, 고향도 잃은, 이별마저도 없는 세대다.

우리의 태양은 희미하고, 우리의 사랑은 비정하고,

우리의 청춘은 젊지 않다. 우리에게는 국경이 없고,

아무런 한계도, 어떠한 보호도 없다. 우리는 신이 없는 세대다.

왜냐하면 우리는 서로 만남도 없고 과거도 없으며

감사할 아무런 것도 갖고 있지 않은 세대이기 때문이다.

—볼프강 보르헤르트, 『이별 없는 세대』 중에서

지진이 일어났던 날이었어. 먼 지방에서 발생했지만 규모 5.5의 꽤나 큰 지진이어서 서울에서도 진동을 느낄 수 있었어. 해외 출장에서 새벽에 돌아와 기절한 듯 자고 일어난 늦은 오후였어. 거실 벽이 흔들흔들하더니 급기야 벽지에 세로로 지지직, 금이 가더라고. 어디선가 가스 냄새도 나는 것 같았어. 깜짝 놀라 벌떡 일어나서는 가장 먼저 너에게 전화했어.

　―또 뭔데?

전화를 받는 네 말투는 느릿했어. 이불의 무게를 못 이기는 것처럼 나른했고. 아, 괜찮구나. 별일 없다는 확신이 들고서야 안부를 확인하는 것 말고는 용건이 없단 걸 알았어.

　―소주 한잔하자. 새벽에 서울 떨어져서 여태 잤더니 목말라.

네가 큭큭 웃었지. 뜬금없이 전화해서 서로에게 어이없는 농담을 지껄여대던 때였어. 남녀 사이에 친구 없단 말 다 웃기는 소리라고 큰소리치며 우린 10년 가까이나 그렇게 친구로 지냈지.

—소주 같은 소리 한다. 너나 마셔. 난 안 돼.

—왜? 남자 만나? 너 어딘데?

난 농담이었는데 넌 대답을 망설였어. 설마, 정말 남자 만나나?

—어디냐고?

넌 뜸을 들인 뒤에 대답했어.

—병원.

—병원? 왜?

—수술 받았어.

—무슨 수술?

내 말투가 급박해졌고 목소리에서 나도 모르게 당혹감과 진땀이 배어났지.

—그게…….

—무슨 수술이냐고?

—그게 말이지…….

—너 죽어?

나중에 너에게 물어보니 사귀는 사이도 아닌데 수술 종류까

지 말할 필요가 있나, 하는 생각이 들어서 잠깐 망설인 것뿐이었
다고 했어.

　―사랑해.

생각지도 못한 말이 튀어나와선지 내 목소리는 금속성으로
높게 튀었어. 이게 무슨 맥락도 없는 고백인가 싶으면서도 목구
멍에 내내 걸려 있던 덩어리를 토해낸 것처럼 시원하기도 했지.

　―뭐…… 뭐라고?

진심 당황한 투로 네가 말을 더듬었어.

　―사랑한다고.

　―어처구니가 없다. 전조라고는 손톱 끝만큼도 없었는데 무
슨 사랑 고백이냐고. 나 지금 막 마취 깨서 배 땅기기 시작했고
수술하느라 사타구니 음모를 면도칼로 밀어냈는데 거기가 따끔
거리고 가려워서 죽겠구만.

　―그럼 너 안 죽어?

　―죽긴 그리 쉬운 줄 알아? 나 안 죽어. 자궁비대증이라고 자
궁이 커지고 통증이 어마어마해서 자궁만 들어냈어.

　―그래? 난 또…….

　―그러니까…… 사랑 고백은 일종의 조문 예행연습 같은 거
냐?

—아니.

—그럼 뭔데?

—방금 깨달았어.

—뭘?

—널 사랑한다는 걸. 널 처음 보고 나서 지난 10년 동안 지금 껏 단 한 순간도 사랑하지 않았던 적이 없었다는 걸.

—미친놈. 사랑 좋아하네. 나 이제 애도 못 낳거든?

너의 핀잔에 나는 아무 대답도 하지 않았어. 그때의 나는 삶에 대한 유머 감각이 최고조에 달했던 시기였는데도 그랬어. 침묵 이 웃음기를 빼줄 거라고 생각했지.

—너…… 진짜야?

과연 너는 침묵의 무게를 느끼고 몹시 먼 데서 말하듯 희미한 목소리로 물었어. 나는 그렇게 사랑을 시작했지. 다만 아직 너는 날 사랑하기 전이었고.

소스병 뚜껑을 따다 말고 갑자기 옛날 기억이 떠올랐다. 신종 현이 아내에게 처음 사랑 고백을 했던 날의 기억이었다. 신종현 은 끙, 소리를 내며 다시 한 번 시도하다 망연자실 바닥에 주저앉 았다.

—이게 왜 안 열려?

　대체 왜, 하필이면 바닥에 철퍼덕 앉아 다리 사이에 소스병을 끼고 낑낑거리는 와중에 그날의 이야기가 떠오르는 건지. 부적절하고 분위기를 망치는, 기억이란 녀석의 몰지각함을 상쇄하려고 신종현은 고민했다. 그런 건 비가 주룩주룩 오는 날이나 첫눈 오는 날처럼 센티멘털해져도 자연스러운 날에나 생각날 일이지. 먼지 뒤집어쓰고 청소한 다음 배에서 꼬르륵 소리가 나서 빵에 쨈 발라 먹으려고 소스병 뚜껑 따다 말고 떠올릴 일은 아니잖아.

　신종현은 떠오른 김에 감상적으로 옛날 생각을 좀 더 할까 했지만 꼬르륵, 배가 고팠다. 무엇보다 그럴 만한 차림이 아니었다. 신종현은 스스로를 내려다보았다. 목둘레 부분이 올이 풀린 티셔츠에 트레이닝 바지는 무릎이 나와 있고 빤질빤질했다.

　—왜 홈 웨어 체크를 할 때면 늘 바지는 무릎이 나와 있고 티셔츠는 헐렁한 걸까. 무슨 매뉴얼 같잖아.

　신종현은 투덜대는 말투로 혼잣말을 하면서 소스병 뚜껑 따기는 포기하고 맨 빵을 씹었다. 이틀 전에 사다놓은 식빵은 물기가 빠져 퍼석하고 빡빡했다. 씹던 빵을 접시에 던져두고 휴대폰을 찾아 인터넷을 열었다. '소스병 안 열릴 때 뚜껑 따는 법'. 그렇게 검색하니까 병뚜껑 따는 기구가 떴다. 그런 게 있는 줄 몰랐다.

병뚜껑 따는 기구가 떠 있는 휴대폰 화면을 들여다보다 말고 신종현은 난데없이 혼잣말을 했다.

—그래. 가자.

병뚜껑 따는 기구를 보다가 또 옛날 생각이 났기 때문이었다. 옛날 생각이 자꾸만 나니까 용기도 따라서 나는 것 같았다. 기억이란 녀석의 몰지각함은 때론 앞뒤 안 가리는 막무가내식의 힘을 주기도 하는구나.

그러고는 검색창에 쏠라즈를 쳤다.

—아무래도 쏠라즈에 가야겠다.

신종현은 쏠라즈 사이트의 방문 예약 코너를 열고 이름과 희망 방문 시간을 입력했다. 예약자 이름의 마지막 글자가 자동으로 별 모양으로 표시되었다. 잠시 뒤, 예약 확인 문자를 받았을 때 신종현은 마치 첫사랑에게 고백하러 가는 것처럼 가슴이 뛰었다.

윤찬경은 밤새 쏠라즈의 겨울 디스플레이를 하고 새벽에 돌아와 잤다. 그리고 정오가 다 된 시각에 느지막이 눈을 떴다. 어차피 오늘은 저녁 시간에 예약 고객이 있으니까 밀린 집 안 청소도 할 겸 좀 느긋하게 나갈 생각이었다. 늘어지게 기지개를 켜고 이불을 걷고 일어나려는데, 앗.

온몸이 두들겨 맞은 것처럼 아프고 쑤셨다. 아무래도 디피를 바꾸고 뒷정리하고 점검하고 모든 일을 하다 보니 무리였던 게지. 누운 채로 목을 돌리고 다리를 쭉 뻗고 양팔을 이리저리 휘둘러보았다. 근육통이 몰려왔다. 목욕을 해야겠다, 생각하며 침대에서 일어나 바닥에 발을 딛는데 까끌거렸다. 이번 주 내내 청소를 미뤄온 결과였다. 어떡할까. 내일로 미룰까. 지금은 목욕을 먼저 하고 싶은데. 고민하다 혼자 사는데 제대로 살아야지, 싶어 청소를 하기로 결정했다.

어차피 청소하면 또 더러워질 텐데, 싶어 밤새 먼지를 뒤집어쓴 트레이닝 바지와 티셔츠를 도로 꺼내 입었다. 베란다 창고에서 청소기를 꺼내다 온 집 안을 밀고 다녔다. 여기저기 널브러진 휴지와 쓰레기를 치우다 사는 게 끊임없이 쓰레기와 때를 만드는 일이구나 싶었다. 윤찬경은 몰랐지만 사실 청소할 때마다 윤찬경이 하는 생각이었다. 적어도 나는 쓰레기는 되지 말아야지, 하는 다짐도 청소할 때의 루틴이었다. 윤찬경은 물걸레를 가져다 마룻바닥을 닦다 말고 혼잣말을 했다.

—아, 참. 오늘 임대료 보내는 날이구나.

깜박 잊을 뻔했다. 도심의 핫한 동네도 아니고 역세권에서도 좀 떨어진 곳이라 임대료가 세지 않아 다행이라고 생각하면서도 이제 곧 임대 재계약을 하게 되면 보증금을 올려줘야 하지 않을까 싶었다. 고민하는데 꼬르륵, 배가 고팠다.

—그때 일은 또 그때 생각하면 되고.

윤찬경은 임대료 걱정은 접어두고 점심으로 뭘 먹을까 고민했다. 배달 앱을 열고 콩나물국밥 두 개를 주문했다. 날씨도 싸늘한데 뜨끈한 국물이 좋지, 싶고 어차피 한 개 배달은 안 해주는데 보관했다 또 먹으려면 면이나 볶음밥 종류보다는 국물이 낫겠지, 싶었다. 몸이 피곤하니 소주 한잔 생각도 나고. 윤찬경은 콩나물국밥 국물에 소주를 두어 잔 마실 생각이었다.

—소주는 남았나?

윤찬경이 냉장고를 열어보았다. 없으면 국밥집에 소주도 같이 시킬 참이었다. 마시던 소주가 반병쯤 남아 있었다. 마시다 모자라면 어쩌지? 역시 소주도 함께 시키는 편이 나을까? 그러다 갑자기. 문득. 쉼 없이 이어진 깨알 같은 근심들을 통해 윤찬경이 깨달은 점은, 불행하지 않다는 것이었다. 별 탈 없이 잘 지내고 있는 거구나, 나는. 콩나물국밥이 식어서 오면 그걸 불평하고 청소를 안 해 지저분하면 투덜거리면서 일상을 잘 살고 있는 거구나, 하는. 사는 게 뭐 별건가. 그렇게 생각하니까 삶이 가볍고 별 거 아닌 것처럼 느껴져 좋았다.

하지만 어젯밤 꿈속은 그렇지 않았다. 어제 윤찬경은 주머니에서 죽은 병아리가 나오는 꿈을 꿨다. 주머니에 손을 넣었다 빼면 계속 손 위에 죽은 병아리가 있었다. 죽은 병아리가 자꾸 쌓여 그렇게 윤찬경의 생이 죽은 병아리로 가득 찰 것만 같았다. 아니면 마침내 스스로 죽은 병아리가 되거나. 스스로도 그게 무슨 뜻인지 잘 몰랐지만 아무튼 공포스러웠다.

잠에서 깨기 직전에는 약간 울기도 한 것 같았다. 눈을 떴을 때 눈앞이 뿌예서 그렇게 생각했다. 악몽을 꾸고 눈물을 흘렸으니 본능적으로 슬픔에 빠질 수 있는 상황이었다. 조금 더 이불 속에서 울 수도 있었다. 실제로 눈가가 씰룩거렸다. 그 보잘것없는 감각이 단번에 과장된 감정을 불러일으켰다. 역시나 눈물은 센티멘털. 윤찬경은 잠시 센티멘털에 몸을 맡기고 슬픔을 만끽했다. 가끔 눈물을 흘리고 나면 무언가 생이 정화되는 느낌이었다.

눈물을 흘린 탓인지 기분이 한결 개운했다. 죽은 병아리 꿈은 역시 삶의 이면을 가끔씩은 돌아보라는 스스로에 대한 조언쯤이 아닐까, 싶었다. 말하자면 휴지통 비우기. 날씨는 화창하지도 흐리지도 않았고 뒷목이 평소보다 좀 더 뻐근하긴 했지만 못 견딜 정도는 아니었고 갑작스러운 초인종 소리에 피곤한 잠을 방해받거나 하지도 않았다. 모든 게 정상이었고 평범했다.

다만 한 가지. 외로움이 온몸과 마음에 전면적으로 침범했다. 윤찬경은 욕조에 따뜻한 물을 채우고 알몸으로 들어가 기대 누웠다. 양팔을 교차해 매끄럽게 쓰다듬어주었다. 아, 참. 콩나물국밥에 달걀을 따로 달라는 말을 주문서에 적었나? 뜨거운 국물을 날달걀에 따로 끼얹어 먹어야 맛있는데. 그러다 약속을 잊은 것이 생각났다. 급하게 욕조에서 일어서다 모서리에 정강이를 제대로 찧었다.

─아얏!

윤찬경은 정강이를 양팔로 감싸 안은 채 화장실 바닥에 엉덩방아를 찧듯 주저앉았다. 정강이가 너무 아프니까 하필 오늘 약속을 잡은 사람이 미웠다.

욕조의 물을 빼려고 돌아보니 욕조가 높은 데 있었다. 바닥으로부터 서너 걸음을 올라 욕조 앞에 섰는데 내려다보니 아래가 까마득했다. 서둘러야 한다는 생각에 욕조 안으로 손을 뻗었다. 욕조는 안이 깊었다. 벗은 몸을 잔뜩 구부려 욕조 안으로 거꾸로 몸을 밀어 넣고는 마개를 열려고 보니 두 개였다.

─원래 욕조 물마개가 두 갠가?

엎드린 자세로 갸웃하다가 두 개의 마개를 모두 뽑아 열었다. 물이 흘러 내려가는 시간. 윤찬경은 물을 보았다. 물은 급하게 빠져나갔다. 3초? 아니면 10초? 이상했다. 내가 뭔가 시간을 잘못 흘려보내서 15분쯤 되는 걸 찰나라고 착각하는 건가.

—앗!

비명을 질렀다. 욕조 안에서 더러운 거품이 바닥에서부터 끓어올랐다.

깜짝 놀란 윤찬경이 잠에서 깼다. 잠깐 눈을 감았는데 어느새 욕조 안에서 잠들었던 모양이었다.

—그나저나 오늘 꿈자리가 뒤숭숭하네.

피곤해서 그런가 보다, 며 혼잣말을 중얼거린 윤찬경은 레이스가 촘촘히 달린 브래지어를 손으로 조물조물 빨아 널은 다음, 희고 두껍고 햇빛 냄새가 나는 목욕 가운을 두르고 나왔다. 그리고 다음 계획이 아무것도 없는 사람처럼 느긋하게 캡슐커피를 넣어 버튼을 누르고 달콤한 향기가 나는 바디로션을 짜 목을 길게 빼고 종아리 뒤쪽까지 꼼꼼히 발랐다. 뛸 필요가 없는 오후의 사슴처럼.[11]

....

11. 이윤주, 브런치 매거진 글 중에서 인용.

윤찬경은 낮잠을 좀 더 자고 고객 예약 시간에 맞춰 쏠라즈에 나갈까, 아니면 미리 나가 디피 상태와 마무리 점검을 다시 한 번 할까, 고민했다. 작은 고민들이 쌓여 평범한 일상을 채워가는 것을 윤찬경은 알았으니까. 나쁜 꿈을 흔들리는 삶의 증거로 삼는 것은 멍청이들이나 하는 짓인 걸 알았으니까. 삶이란, 그것을 꾸려 나가는 스스로에게 매달린 것이니까.

신종현은 외출 준비를 서둘렀다. 너무 튀지 않으면서도 세련된 느낌을 주려고 했고 무엇보다 구두에 신경 썼다. 구두 가게에 가면서 아무 신발이나 신고 가는 건 신종현이 생각하기에 예의가 아닌 것 같았다. 짙은 낙엽색 스웨이드 구두와 가죽이 부드러운 블랙 앵클부츠를 두고 고민하다 아직 겨울 초입인데 부츠는 좀 과한가, 싶어 스웨이드 구두를 신었다.

바깥 날씨는 점점 흐려지고 있었다. 뭐라도 올 것 같았다. 아니면 그냥 어두워지고 있는 건가. 신종현은 하늘을 올려다보면서 고개를 갸웃하다 말고 뭐라도 선물을 가져가는 편이 좋지 않을까 고민했다. 꽃이나 케이크나 뭐 그런 가벼운 걸로 살까 했는데 그만두는 게 낫겠다고 판단했다.

신종현은 언덕길을 올라와 쏠라즈의 맞은편, 그러니까 한솔

요양병원 앞에서 쏠라즈를 건너다보았다. 쏠라즈 안의 모습이 선명하게 잡히지 않는 거리였다. 한참을 서서 보고 있자니 자연스럽게 요양병원 앞에 놓인 의자에 앉게 되었다.

—여기에 부모님이 입원해 있나?

누가 말을 걸 거라곤 생각 못 해서 신종현은 소스라치게 놀랐다. 올려다보니 환자복을 입고 지팡이를 짚은 할머니가 빙글 웃으며 신종현을 보고 있었다.

—아니요. 아닙니다.

그러다 갑자기 생각난 듯 의자에서 황급히 일어나 할머니에게 자리를 양보했다.

—난 또. 엄마가 여기 입원해 있나 했네.

할머니가 방금 전까지 신종현이 앉아 있던 자리에 앉으며 말했다.

—고마워.

—뭐가요?

—자네가 한참을 여기 앉아 있었던 덕에 의자가 따뜻해졌어.

할머니는 의자에 앉아서 쏠라즈를 건너다보았다. 거기 앉으면 누구나 쏠라즈를 보게 되었다.

—이쁜 가게야. 나도 죽기 전에 저런 구두를 한번 신어보고 싶

은데.

신종현의 표정을 힐끗 한번 훔쳐본 할머니는 큭큭 웃으며 이렇게 덧붙였다.

—그냥 그렇다고. 누가 신는댔나? 구두보다는 저기 있는 여자가 더 이쁘지.

—아…… 네……. 네?

신종현은 의례적으로 대답하다 놀라서 물었다.

—여기 앉아 있으면 꼭 뭘 가져다주거든. 향긋한 차나 맛있는 과자나 귤 같은 거.

—네.

—이제 가봐.

—네?

—이제 가라고.

신종현은 할머니가 턱짓으로 쏠라즈를 가리켰다고 생각했다. 아닌가? 아무튼.

—건강하세요, 어르신.

건강 같은 소리 하고 자빠졌네, 어쩌구 하는 할머니의 말소리를 들으며 신종현은 도로를 가로질러 쏠라즈로 갔다.

—어서 오세…….

어서 오세요, 쏠라즈엔 처음이신가요? 라고 미소 띤 표정으로 말하려다 말고 윤찬경은 말을 맺지 못했다.

—오랜만이네.

신종현이 머쓱한 표정으로 말했다.

—그러게. 오랜만이네. 예약 손님 이름을 보고 설마 당신일까 했는데 진짜네.

윤찬경은 크게 당황하지 않은 표정이었다. 특별한 표정 없이 신종현을 마주 보았다.

—꽃이나 케이크 같은 거라도 사 올까 하다 관뒀어.

—사 왔으면 나한테 한 소리 들었을걸?

윤찬경이 작게 웃었다. 신종현은 윤찬경의 그 미소를 보았다. 나를 보고 웃었다. 나를 보고 웃는다.

—그래도 사 올걸 그랬나?

꽃은 관리하기 귀찮고 케이크는 달아서 싫다던 윤찬경이었다. 뭐라 더 말을 이어야 할 거 같아서 괜히 말해보았다.

—그랬으면 갈 때 도로 가져가야 했을걸? 내 잔소리 한 바가지 들은 다음에.

윤찬경이 또 웃었다. 신종현이 당황하고 있다고 생각한 듯. 이번에는 약간 소리 내어 웃었다. 뭐랄까. 예전 친구로 지내던 시절의 윤찬경이랄까. 그런 느낌이었다.

—여긴 어쩐 일로 왔어? 이혼한 옛 마누라 나 없이 잘 사나 보자. 뭐 이런 거야?

—문득, 생각나서.

긴장이 조금 풀린 신종현이 가벼운 투로 말했다.

—이렇게 말하니까 문득이 꼭 사람 이름 같지 않아?

신종현이 큭큭 웃으며 말했다. 속으로는 이렇게 생각했다. 문득이 있어서 오래전 헤어진 연인이 다시 그리워지고, 문득이 때문에 어느 골목길에서 비 오는 소릴 들으며 먹었던 빈대떡이 생각나 좁고 더러운 골목을 헤매며 미소 짓고, 문득이 덕분에 책상 서랍 속에 숨겨져 잊고 있던 메모 같은 걸 찾아내서는, 그 옛날엔 별거 아니었던 메모 한 장이 문득 꺼내 읽는 순간 지나간 스스로를 돌이켜볼 수 있게 되기도 하고. 생각보다 인생에 문득이 차지하는 지분율이 크지 않은가 말이야.

—실없는 건 똑같네.

—그런데 계속 여기 입구에 세워둘 거야?

신종현이 눈으로 안쪽을 보았다.

—곰팡이 냄새 나는 이야기들 할 건 아니지?

윤찬경이 살짝 눈을 흘겼다. 신종현은 윤찬경의 시니컬하면서도 센스 있는 대답이 거의 유쾌하게 느껴졌다.

—당신 우리 결혼하기 전에 알던 윤찬경으로 돌아간 것 같다.

—그래서 서운해?

—아니. 아주 좋아.

진심이었다. 신종현은 윤찬경이 편안해 보여 기뻤다. 윤찬경
은 밝고 유쾌하고 남의 감정을 훔치지 않는 선한 사람이었다. 결
혼해서 같이 사는 내내 윤찬경이 생기를 잃어가는 모습이 아팠
으니까. 신종현은 또 한 번, 문득, 옛 기억을 떠올렸다. 한번 생각
나기 시작하니까 연대기처럼 과거가 딸려 나왔다. 대부분 윤찬
경이 아내였던 시절의 기억이었다.

해외 출장이 잦은 신종현이 출장지에서 윤찬경에게 전화를
건 적이 있었다.

—여…… 여보세요?

지루한 느낌이 드는 주홍빛의 리조트 로비 불빛 아래 서성이
며 와이파이를 찾아 헤맸다.

—당신이야? 여보세요?

윤찬경의 목소리가 들리다 말다 했다.

—들려? 잘 도착한 거야? 왜 이제 전화해? 무슨 일 있는 줄 알

고 걱정했잖아.

사방이 뻥 뚫려 있는 로비 바깥쪽은 무덤 속 같은 어둠이었다.

─지금 막 리조트에 도착했어. 도착하자마자 전화하려고 했는데 방에 와이파이가 안 잡히더라고. 여기가 깊은 숲속이라 신호가 약해서 로비에 내려와 전화하는 거야.

─응? 뭐라고? 안 들려. 잠깐만.

신종현은 전화기를 높이 들고 넓지 않은 로비를 돌아다녔다.

─아. 여긴 좀 된다. 걱정했지?

자정이 다 된 지금에서야 전화를 하다니. 신종현은 걱정했을 윤찬경이 걱정되었다.

─걱정했지 그럼. 비행기 사고도 워낙 많고 또 그쪽에 태풍이니 쓰나미니 그런 것도 많고 길 가다 갑자기 강도당하는 일도 많다는데.

신종현은 말하다 말고 전화를 끊고는 멍하니 바깥의 어둠을 바라보았다. 윤찬경이 가습기의 물을 채우는 중이라며 곧 다시 전화하겠대서 기다리는 중이었다. 신종현은 속으로 윤찬경에게 들려줄 오늘의 무용담을 정리했다.

─여보……세……요?

지지직거리기도 하고 뚝뚝 끊기기도 했다.

―내가 다시 해볼게.

신종현은 리조트 직원에게 와이파이가 잘 터지는 위치를 물어보고 로비를 벗어나 어둠 쪽으로 더욱 다가섰다. 숲 냄새가 과도하게 짙었다. 습기 가득한 흙냄새가 몸을 둘러싸고 육박하는 기분이었다. 빽빽하게 들어찬 밀도의 어둠이 목을 조여오기라도 하듯 마음이 급해졌다.

―이제 들려?

여전히 신호가 약했지만 신종현은 최선을 다해 무용담을 들려주었다.

―말도 마라. 여기 리조트가 해발 100미터 정도 산속에 있거든. 리조트 주인이 한국인인데 이곳 여행업계 동향을 들어봐야 할 거 같아서. 그런데 택시가 아예 못 들어와. 시내에서 트라이시클을 하나 잡았지. 여기를 안다더라구.

―어떻게 택시가 못 들어가는 곳에 리조트가 있다는 거지?

신종현은 윤찬경의 말을 잘 알아듣지 못했다.

―여보세⋯⋯요? 응, 난 괜찮아. 이제 들려. 알긴 개뿔. 캄캄한 산속에 들어와서 같은 길을 세 번 돌더니 나보고 기다리라는 거야. 그러더니 냅다 어둠 속으로 사라지잖아. 새 됐다, 싶었지.

한참 있다 와서는 갑자기 오토바이가 고장 나서 더 못 가겠다는 거야. 와이파이가 터져야 구글 맵을 쓰든 말든 하지. 그 컴컴한 산속에 나를 버리고 그냥 가더라구. 까맣게 썩은 이빨로 씩 웃으면서.

신종현은 신호가 좀 더 잘 잡히는 쪽으로 걸어가 어둠 속에 빨려들었다.

―혼자 휴대폰 손전등 하나 켜고는 간신히 인가를 찾아서 길을 물어 걸어왔는데 원래 15분 거리를 한 시간 넘게 헤매다 들어왔어.

말끝에 신종현은 크게 웃었다.

―어디 다친 데는 없는 거지? 별일 없는 거 맞지? 안 그래도 연락이 없어서 얼마나 걱정했는지 몰라.

윤찬경이 한숨을 내쉬었고 말꼬리는 울음이라도 매달린 것처럼 늘어졌다.

―아니야. 괜찮아. 고생은 무슨.

신종현은 그저 윤찬경을 웃게 하려던 거였다. 생각해보면 우스꽝스러운 일이 아닌가. 그런데 윤찬경이 너무 진지하게 걱정했기 때문일까. 갑작스럽게 스스로 불쌍하게 느껴졌다. 남의 나라 땅에 와서 몇 날 며칠을 개고생하면서 땡볕을 받으며 돌아다니는 게 문득 뭐 하는 짓인가, 싶은 생각이 치밀어 올랐다.

신종현은 주로 휴양지를 돌아다니면서 리조트나 호텔을 개발할 수 있는 자리를 탐색하고 투자자를 연결해 시행과 시공 전반에 관한 디렉팅과 컨설팅을 담당하는 일을 했다. 희소성과 전문성을 두루 갖추고 있고 수입도 나쁘지 않다. 이곳저곳, 특히 풍광이 좋은 섬들을 돌아다녀야 하니 거의 매일 경비행기를 타고 배를 타고 지적도를 손에 들고 땡볕에 몇 시간씩 해변을 헤매야 하지만 체력이 받쳐주기만 한다면 좁아터진 사무실에 처박혀 상사 눈치나 보며 쥐꼬리만 한 월급을 뜯어먹는 것과 비할 바 아니라고 생각했는데.

얼마 전에 1년 가까이 개고생해서 일을 성사시키고는 현지 변호사와 함께 계약서를 준비하고 있을 때였다. 계약서 준비에만 두 달 넘게 걸렸는데 투자자에게 전화가 한 통 걸려왔다. 우리말로 갯깔따구라고 부르는 샌드플라이에 온통 물어뜯겨 미칠 것 같은 가려움 때문에 밤을 꼬박 지새우고 눈이 뻘건 아침이었다. 앞뒤 잘라먹고 '아무래도 임대는 좀 아닌 것 같다.' 투자자는 그렇게 말했다. 땅이 그 나라 정부 소유라 매매를 하는 대신 70년 장기 임대를 하기로 했던 계약이었다.

딜이 깨진 사실을 알리는데 신종현을 보던 현지 변호사와 부동산 브로커와 그곳 정부 관계자와 은행 PF팀 팀장과 여행사 사람과 실사팀과 설계 빼느라 죽을 고생 치렀던 건축사와 그 외 기타 등등의 사람들과……, 그리고 윤찬경의 눈빛.

—그거 하느라 당신 너무 고생했잖아.

윤찬경은 연민과 미안함이 넘쳐흐르는 표정으로 신종현을 위로했다.

—미안해. 당신 혼자 고생하게 해서. 아니면 당신 그 일 그만두고 우리 같이 커피숍 같은 거나 할까?

윤찬경이 그렇게 말하니까 이상하게 자신의 일에 갖고 있던 자부심 같은 것이 한순간에 없어져버리는 것 같았다. 그저 목구멍에 풀칠이나 하려고 아등바등 악쓰는 인간이 된 기분이었다.

그때 생각이 난 신종현은 고개를 저어 재빨리 생각을 지웠다.

—방에 올라가면 전화가 안 돼. 얼른 올라가서 좀 씻고 다시 내려와 전화할게. 온몸이 땀에 절어서 소금이 버석거린다.

신종현은 석회질 물 때문에 까맣게 썩은 이를 드러내고 비열하게 웃던 그놈을 한 대 갈겨주었더라면 속이 좀 풀렸을 걸 그랬다고 생각했다.

욕실에 더운물이 안 나왔다. 찬물을 흠뻑 뒤집어쓴 몸으로 핫샤워가 안 나온다고 전화했다. 30분이나 지나 온 직원이 이것저 것 풀었다 조였다 하면서 쓸데없는 짓을 한참이나 하고 돌아간 뒤에도 여전히 물은 차가웠다. 방을 바꿔준다 해서 애써 화를 누르고 풀었던 가방을 다시 챙겨 방을 옮겼지만 마찬가지였다.

잠자리에 들기 전에 로비로 다시 내려와 윤찬경에게 전화할 때 그 얘기는 하지 않았다. 몸이 피곤해서 죽을 것 같은 것보다 씻지도 못했으니 얼마나 힘들 것이냐며 윤찬경이 걱정할 일이 더 힘들었다.

―당신은 별일 없지? 저녁은 잘 챙겨 먹은 거야?

신종현의 말에 윤찬경은 작게 한숨 쉬었다.

―그럼. 나는 잘 챙겨 먹고 있어. 당신이 걱정이지.

―잠 안 온다고 또 술 마시지 말고.

―응. 그럼. 안 마셔. 안 마시기로 약속했잖아. 당신이나 걱정하게 하지 마.

윤찬경의 말은 음절마다 끊기는 느낌이었다. 와이파이 신호가 약해서 그런가.

사실 언젠가부터 윤찬경의 말투가 달라졌다. 딱 부러지게 어떻게 바뀌었다고 말하긴 어렵지만 뭐랄까, 말과 말 사이에 침묵이 또렷해졌다고 할까. 낱말과 낱말 사이에 쉼표가 한 개씩 생겨났다고 할까. 그런 느낌이었는데 그 침묵과 쉼표는 어쩐지 신종현을 긴장하게 만들었다.

습기 때문인가. 로비 바깥의 검정색 어둠은 액체처럼 끈끈해서 꼭 그 속에 갇혀버린 듯싶었다. 신종현은 통화가 끝난 휴대폰을 내려다보았다. 이제 방으로 올라가면 내일 아침 다시 로비로 내려올 때까지 윤찬경과 연결되는 일은 없을 터였다. 단지 한 시간 시차가 날 뿐인데 서울에 있는 윤찬경과의 간격이 깊고 멀게 느껴졌다.

신종현은 그 접촉 불가능성의 징후에 무심코 안도와 황홀함을 느꼈다. 그리고 스스로 깜짝 놀라 또 죄책감에 빠져들었다. 습기로 눅눅한 시트를 덮고 눕는데 관 뚜껑을 덮은 듯 무거워 숨을 한 번 들이쉬는 데도 커다란 덩어리를 삼키듯 힘을 주어야 했다.

윤찬경은 차를 내오겠다며 탕비실로 들어갔다. 신종현은 왜 온 걸까.

신종현과 살던 때의 기억이 났다. 신종현과 윤찬경은 누구보다 서로 노력했다. 항상 서로의 곁에 있어주고 서로에 대한 사랑으로 가득하며 서로에게 헌신적이었다. 낭만적인 태도를 유지하려고 한 달에 두 번은 꼭 밖에서 데이트를 하고 커피를 손에 들고 로맨틱하게 밤거리를 걸었다.

한번은 신종현이 윤찬경과의 데이트 약속을 지키지 못한 적이 있었다. 자정이 넘도록 신종현은 전화 한 통 없었다. 그랬지만 윤찬경은 전화하지 않고 기다렸다.

　―어디 있었어? 왜 전화도 안 하고.

　신종현은 새벽 두 시가 다 되어 돌아왔다.

　―미안해. 은행의 해외투자 담당자와 급한 미팅 때문에 전화하는 걸 깜박했어. 당신이 전화하지 그랬어.

　윤찬경은 믿지 않았다. 윤찬경과의 약속을 완전히 잊을 신종현이 아니라고 생각했다.

　―많이 실망했지? 당신에게 줄 선물 사 왔어. 이 시간에 문 연 꽃집이 없어서 한참 헤맸어.

　신종현이 커다란 백합 꽃다발을 윤찬경에게 건넸다. 신종현은 웃으며 말했다. 표정은 웃고 있는데 말투는 그 웃음을 따라 명랑해지지 않고 고요했다. 결혼 전 신종현을 볼 때면 언제나 어린아이의 웃음과 입으로 후 불어 만드는 비눗방울 장난감이 떠오르곤 했었는데.

　―고마워. 그런데…… 나 백합 알레르기 있어.

　―아…… 이런. 깜박했어. 미안해.

　―올해만 세 번째 했던 말이야. 그때마다 당신은 매번 잊었다

고 했지.

　—맞다. 내가 그랬네. 정말 미안해. 일이 워낙 정신없어서 자꾸 깜박하네. 이제 정말 잊지 않을게. 약속해.

　신종현은 윤찬경에게서 꽃다발을 낚아채서는 크고 흰 꽃들을 하나하나 꺼내 목을 꺾어 종량제 봉투에 처넣었다. 화를 내야 하는 상황이라고 생각했는데 그럴 수 없었다. 윤찬경이 화를 내는 순간 모든 것이 무너져버릴 것 같았다. 그동안 둘이 죽도록 노력한 시간들이 모조리 거품이 될 것 같았다.

　—사랑해.

　신종현이 다정하게 미소 지으며 윤찬경을 포옹했다.

　—나도. 사랑해.

　신종현을 사랑했다. 그리고 신종현을 사랑하게 되었다는 사실이 수치스러웠다. 서로 사랑했고 서로 미치도록 노력했고 차츰 서로를 미워하게 되었다는 걸 서로 알지만 서로 모른 척하는 상황이 윤찬경의 목을 졸랐다.

　비록 잘못된 출발이었지만 신종현이 오래도록 용서를 빌었고 그것이 진심인 걸 알았고 그래서 괜찮을 줄 알았다. 노력할 수는 있었다. 하지만 노력하다 보면 지친다는 걸 깨달았다. 윤찬경과 신종현은 이제 유머 대신 예의로 서로를 대했다. 윤찬경은 과도 한 예의는 트릭이자 약한 존재들이 가진 거의 유일한 공격 수단이기도 하다고 생각했다.

　윤찬경은 그날 새벽녘에 깨어났다. 현기증과 구토 증상 때문이었다. 심장이 두근거리고 눈과 혀가 부어올랐다. 알레르기 반응이었다. 증상이 더 심해지면 기도가 붓고 호흡할 수 없으며 혈압이 갑작스럽게 떨어져 생명을 위협할 수도 있었다. 진한 백합 향기가 집 안에 가득했다. 윤찬경은 거친 숨을 몰아쉬며 신종현이 백합의 목을 꺾어 버린 종량제 봉투를 노려보았다.

　병원 응급실 침대에 누워 응급처치를 받으면서 윤찬경은 내내 아무 생각도 하지 않으려고 노력했지만 머릿속엔 목이 꺾인 백합이 가득했다. 하얗고 커다랗고 징그러운 노란색 꽃가루를 날리는 그 꽃. 쓰레기봉투 안에서 누렇게 꽃잎이 말라 죽어가고 있을 그 꽃.

　병원에서 나오자 하늘이 점점 희부윰해지고 있었다. 윤찬경의 움직임을 따라 먼지 몇 알이 공중을 맴도는 게 보였다. 윤찬경은 벽에 기대어 하늘을 보았다. 먼 데서부터 붉은 기운이 천천히 하늘 위로 퍼지고 있었다. 아침이 깨어나기 전, 하루 중 가장 고요한 시간이었다. 서늘한 기운이 뒷목을 타고 흘렀다.

집으로 돌아오는 길. 성수대교를 넘어 중간쯤 지났을까. 출근 길 차량 정체로 브레이크를 밟고 섰을 때, 문득 눈물이 흘렀다.

윤찬경은 그때 알았다. 자신이 이별 앞에 서 있다는 걸. 아니. 다시 말하자. 그때 안 것이 아니었다. 윤찬경은 이별에 대한 감각을 오랜 시간에 걸쳐 천천히, 마치 한 칸 한 칸 블록을 쌓아올려 마침내 완성한 구조물인 것처럼 마음속에 켜켜이 쌓아 완성했다. 다만 벼락이 내리치듯, 이미 이별할 줄 알고 있었다는 사실을 인정한 것이었다.

머릿속은 여전히 뒤죽박죽이었다. 그런 혼란에 대해 답을 준 건 불시에, 저절로, 떨어져 내린 눈물이었다. 역시나 생각보다 머리보다 훨씬 더 정직하고 결단력 있는 것은 몸이구나. 잘못된 출발로 시작한 사랑은, 명백히 용서할 수 없는 사실을 용서해야만 가능한 사랑은, 그만 중단하기로 마음먹었다. 그때 윤찬경은 무표정했지만 누군가 윤찬경을 보았다면 그게 폐허처럼 부서진 표정이라고 생각했을 거였다.

신종현은 부드럽고 안락한 소파가 불편했다. 너무 파묻히는 느낌이랄까.

몸을 이리저리 뒤채며 쏠라즈를 여기저기 둘러보았다.

―여긴 좀…… 적나라하군.

혼잣말을 중얼거렸다. 아니, 신랄한 느낌이라는 게 더 정확하겠네. 어머어마한 높이의 구두 굽과 허벅지까지 올라가는 길이의 부츠들을 보고 하는 말이었다. 어쩐지 저런 걸 신는 사람이라면 다른 꿍꿍이 없이 직선적이고 선의와 불의에 대한 스스로의 기준이 따로 마련되어 있으며 삶의 궤적이 훨씬 더 넓을 것 같았다. 그리고 머뭇거리거나 주저하다가 일을 망치는 일은 없지 않을까. 이상하게 계속 보게 되었다.

―저런 걸 신으면 유머 감각도 살아나지 않을까.

신종현이 중얼거렸다.

―뭐라고 혼자 중얼거려?

탕비실에서 나온 윤찬경이 시니컬한 투로 물었다.

―구두가 예뻐서.

그게 아닌데, 하는 표정으로 윤찬경이 신종현을 보았다.

―아무 일도 없어.

신종현이 피식 웃으며 말했다.

―나 아무 말도 안 했는데?

―내 표정을 살피길래 묻기 전에 대답했지.

신종현의 대답에 윤찬경이 웃었다. 이혼 후 첫 만남치곤 분위기가 나쁘지도 무겁지도 않아 다행이라고 생각했다.

—저 그림은 르네 마그리트「침실의 철학」이네.[12]

신종현이 자신의 표정을 살피는 윤찬경을 향해 말을 돌렸다.

—그림 속에 안 보이는 주인공이 내일 데이트가 있나?

—뭐?

윤찬경이 웬 뚱딴지같은 소리냐는 투로 물었다.

—방에 원피스를 걸어놓고 탁자에는 하이힐을 올려놓은 채 그 옆에서 자는 거지. 데이트하는 꿈을 꾸는 주인 때문에 밤새 그녀의 옷과 구두가 각각 그녀의 몸뚱이와 발로 반쯤은 변해 있는 거 아냐?[13]

—데이트 좋아한다. 쓸데없는 소리 말고 진짜 여긴 왜 온 건데?

—구두 가게에 왜 왔겠니.

신종현이 작게 한숨 쉬며 말했다.

—쏠라즈는 하이힐 전문점이야. 당신 데이트 갈 때 선물로 사

....

12. 르네 마그리트René Magritte, 「침실의 철학Philosophy in the Boudoir」, 1947. 옷걸이에 걸린 여자 원피스에서 (가슴과 사타구니 부위의) 천 위로 여자의 벗은 가슴과 성기를 직접 그려넣었다. 테이블 위에 놓인 구두는 앞쪽에 구두 앞코가 아니라 발가락을 그려 넣었다. 그의 그림은 명백하게 실재하는 현실이란 것 자체에 의구심을 갖게 한다. 마그리트는 일상의 사물들을 생소한 콘텍스트 안에 던져놓음으로써, 관계로부터의 해방을 추구한다.
13. 이주은, 『당신도, 그림처럼』, 아트북스, 2018 참고.

가려고?

신종현은 잠시 윤찬경을 보았다. 이윽고 이렇게 대답했다.

—응. 누구한테 선물하려고.

이번에는 윤찬경이 잠시 말을 잇지 못했다. 몇 초쯤 지나서 이렇게 대답했다.

—아. 그렇구나. 몰랐네.

신종현과 윤찬경은 서로를 향해 어색한 미소를 지어 보였다.

—어떤 스타일로 골라줄까?

신종현이 윤찬경의 어깨 너머 쏠라즈의 쇼룸을 눈으로 둘러보았다.

—음…… 저런 거 어떨까?

윤찬경은 신종현이 가리키는 쪽으로 고개를 돌렸다.

—진심이야? 저 니하이 부츠? 허벅지까지 올라오는 길이에다 굽이 10센티짜리 부츠를?

—아까부터 봤는데 잘 어울릴 것 같아. 어쩐지 저걸 신으면 훨씬 더 밝아질 것 같고.

—데이트 상대를 잘 아는가 보네.

잠시만 기다리라고 한 뒤, 윤찬경이 부츠를 가지러 갔다. 신종현이 느끼기에 윤찬경의 그 말은 좀 복잡하게 해석되었다. 첫째,

신종현이 구두를 살 거라곤 예상치 못함. 둘째, 신종현이 다른 여자의 구두를 사러 일부러 찾아온 거냐는 배신감. 셋째, 윤찬경 스스로 이제 완전히 과거가 되었구나, 싶은 약간의 서운함. 그런 게 아닐까. 신종현은 그러길 바랐다.

그렇게 생각해놓고 신종현은 속으로 스스로를 나무랐다. 나는 그런 생각을 할 만한 자격이 없지 않은가. 그렇게 말이다. 사실 윤찬경이 신종현을 담담하게 심지어 약간 유쾌하게 대해주는 것만도 감지덕지한 일이지 않은가. 신종현은 고개를 푹 숙였다. 애써 끌어모아 온 용기가 일순간에 사라져버린 기분이었다. 나는 죄인이다. 그 죄는 용서받을 수 없다. 잘 알지 않는가. 신종현은 다시, 마음이 아팠다.

신종현은 윤찬경을 바다로 데려갔었다. 결혼 전, 윤찬경이 자궁 적출 수술을 받은 지 3주 뒤였다. 해변의 포장마차에서 취해버렸다. 윤찬경이 운전해서 귀가하겠다고 고집부리길래 자동차 키를 파도 속으로 던져버렸다. 봄밤, 어디선가 밀려온 짙은 꽃 내음이 공모자였다.

윤찬경의 어깨에 기대 간신히 호텔 방 침대에 누웠다.

그리고, 꿈을 꾸었다.

신종현은 윤찬경에게 화를 냈다. 왜 내 사랑을 받아주지 않는 거냐고 칭얼거렸다. 침대 위에서 다리를 마구 휘저어대며 어리광부렸다.

—10년 넘게 알고 지낸 사이에 이제 와서 무슨 사랑 타령이야. 생각 좀 해보자.

윤찬경의 대답에 10대 애들도 아니고 생각은 무슨, 이라며 윤찬경의 어깨를 붙잡아 쓰러뜨렸다.

—사랑해. 사랑한다고.

신종현은 막무가내였다. 반항하는 윤찬경의 옷을 벗기느라 온몸의 힘을 다 써야만 했다. 술기운이 도왔다. 몸부림치는 윤찬경의 손목을 꽉 눌러 옴짝달싹 못하게 만들었다. 마침내 알몸이 된 윤찬경은 울먹이며 수술 후 4주가 지나기 전에 섹스를 하면 봉합 자리가 터질 수도 있다며 제발 그만하라고 소리 질렀다.

그 말을 들은 것 같기도 하고 못 들은 것 같기도 했다. 어차피 꿈인데 무슨 상관인가 생각했던 것 같았다. 꿈에서 깨고 나서야 꿈인 줄 착각했다는 걸 알았다.

이미 오래전 일이었다. 이제 어떤 이미지로 흐릿하게 남아 있거나 혹은 다른 일들이나 그즈음의 감정 상태 등이 겹쳐져 실제

와는 판이한 기억으로 남을 수도 있는 일이지 않을까 생각도 했다. 그렇지 않았다. 그 일은 스틸컷이 아니라 영상으로 그것도 슬로모션으로 돌아가는 듯 시간이 흐를수록 또렷해졌다.

그때 윤찬경은 옅은 자운영빛 폴로셔츠를 입고 있었다. 가슴에 새겨진 말 탄 인물이 들고 있던 스틱 끝부분에서 실이 손가락 한 마디쯤 풀려 나와 있었다. 그것이 눈을 감을 때마다 자꾸만 질끈 감은 신종현의 눈꺼풀 위에서 흔들렸다. 지난 세월 내내 그랬다. 그때마다 날이 잘 선 가위로 똑, 잘라내버리는 상상을 하곤 했다. 하지만 다음번에 여지없이 실은 또다시 자라나 있었다.

결혼하지 말았어야 했을까.

고백하지 말았어야 했을까.

만나지 말았어야 했을까.

지진 났다고 걱정하지 말았어야 했을까.

아니면, 아예 태어나지 말았어야 했을까.

뭘 더…….

그날, 그날…… 그……날. 나는 대체 무엇이었을까.

신종현은 아무것도 되돌릴 수 없는 때가 되어서야 뭔가를 깨닫는 것이 살아가는 일임을 늪에 빠진 자의 심정으로 이해했다.

잘못에 대해 가끔은 용서를 받아야 한다. 또 가끔은 용서 대신 처벌을 받아야 한다. 그것은 바로 또 다른 용서다. 윤찬경은 신종현에게 그것을 했어야 하지 않을까. 그랬다면 적어도 삶이 지금보단 낫지 않았을까. 용서는 때로 두 사람 모두를 고통 속으로 밀어 넣는다는 걸 신종현과 윤찬경은 결혼을 하고 이혼을 하는 긴 시간을 통해서야 깨달았다.

　—용서하지 말지 그랬어.

딱 한 번 윤찬경에게 그렇게 말했었다. 윤찬경이 목이 꺾여 까맣게 죽어 쓰레기봉투 안에 처넣어진 백합을 보고 있을 때. 윤찬경이 칼로 신종현의 심장을 찌르듯 낮고 차갑게 말했다.

　—당신을 사랑하게 돼버렸다는 게 너무 쪽팔려.

윤찬경은 두 가지 스타일의 니하이 부츠를 두고 잠시 고민했다. 첫 번째 구두는 블랙 에나멜 재질의 고관절 바로 아래까지 도달하는 길이의 부츠. 부츠로서 가장 긴 길이에서 최고의 에로티시즘이 흘러나온다. 이 부츠는 마치 부츠를 신은 여자가 손에 가죽 채찍을 쥐고 있기라도 한 것처럼 남자의 마조히즘적 환상을 부채질할 것이다. 그녀는 사디스트고 그녀의 희생자들은 마조히스트며 그녀의 전반적인 태도와 매너는 쾌락-고통의 연상을 동반한 성적 긴장감을 불러일으키겠지. 까불지 마라. 수틀리면 찍어버린다. 이런 느낌이겠지. 신종현이 마조히스트 기질이 있었던가. 하마터면 신종현이 이 부츠를 신은 다른 여자와 섹스하는 장면을 상상할 뻔했다. 윤찬경은 고개를 흔들어 머릿속에 막 생겨나려는 장면을 산산이 흩어놓았다.

두 번째 구두는 무릎을 약간 덮는 길이에 부드러운 캐멀색의 스웨이드 재질의 부츠. 무리 없이 많은 사람들이 소화할 수 있을 만한 심플한 디자인으로 겨울의 보온용으로 무난한 구두다.

잠시 고민하던 윤찬경은 두 번째 부츠를 픽했다. 별 뜻은 없다고 스스로 생각했다.

─이런 스타일 어때? 신을 사람이 어떤 취향인지 몰라서 일단 무난한 걸로 골라봤어.

윤찬경은 신종현의 발 앞에 부츠를 놓아주었다.

─좋은 거 같아. 신어볼 수는 없겠네.

그렇게 말하면서 신종현이 웃었다.

─원하면 다른 스타일도 두세 가지 보여줄게.

윤찬경이 쇼룸을 둘러보며 말했다.

─당신이 구두 좋아하는 줄은 알았지만 구두 가게를 열 줄은 몰랐어.

신종현은 캐멀색 부츠에 눈을 둔 채 말했다.

—당신에게 복수하려고.

윤찬경이 웃는 얼굴로 말했다. 그 말에 신종현이 뜨끔해서 깜짝 놀랐다.

—뭐? 복수? 나한테?

—당신 같은 남자들한테. 한 달에 한 번씩 남자들을 쏠라즈로 유인해서 그때마다 매번 다른 힐을 신고 구두 굽으로 그들에게 교훈을 주는 거지. 여기 이름이 원래는 쏠라즈가 아니라 '열두 켤레의 여자'였어.

신종현이 끙, 소리를 냈다. 그걸 보고 윤찬경이 말을 더 보탰다.

—그리고 나는 그 열두 켤레 힐이 가지고 오는 메시지를 수집하는 거야.

—농담이지?

—농담이라니. 당신과 이혼하고 바로 구두를 팔기로 결정했어. 실용성 없고 편하지 않고 활동적이지 않고 오래 신으면 반드시 발이 아프게 마련이지만 아름다운, 오직 아름다운 구두만 팔겠다고 작정했지. 왜 그랬겠어?

신종현이 미간을 찌푸리고 손으로 얼굴을 쓸었다. 그런 신종현을 보고 윤찬경이 소리 내 웃었다.

—큭큭큭.

신종현이 가슴을 쓸어내리며 말했다.

—농담이구나?

당연히 농담이었다. 미치지 않고서야 그런 이유 따위로 구두 가게를 할 사람이 어디 있겠나. 윤찬경은 쏠라즈를 연 이유를 이혼한 전남편에게 말할 까닭은 없다고 생각했다.

윤찬경은 신종현과 이별한 후 한동안 그 슬픔을 애도했다. 일주일을 침대에 누워 그 관계에 쏟아부었던 모든 것들의 죽음을 슬퍼하며 울었다. 윤찬경을 가둬두었던 것들에 느꼈던 애착감을 하나하나씩 안에서 끊어내려 노력했다. 스스로 느낀 엄청난 수치심을 슬퍼하며 울었고, 견뎌내기 위한 힘을 기르려고 애썼다.

이별 후 윤찬경은 사랑할 때의 기억을 끌어모은 과거의 시간이 되었다. 윤찬경이 매일을 살고 겪는 모든 일들을 그 이별이 블랙홀처럼 빨아들였다. 이별은 세계를 온통 덮어버려 모든 일들을 이별의 슬픔과 연결 짓도록 만들었다. 자신의 거울상을 피하게 되었다. 온몸과 정신이 고스란히 파괴된 자아가 되었다. 현실이 항상 덜컹거렸다.

외로움 때문이었을까. 윤찬경은 문득 침대에서 일어나 씨앗을 하나 심었다. 어둡고 음습한 냄새가 나는 땅속이었다. 그러자 그 씨앗은 곧 사라졌다. 땅속에 있다는 걸 알고 있지만 누가 알겠는가. 윤찬경은 물을 주었다. 과연 뭐가 나오기는 할까. 궁금했고 기다려졌다. 한 달, 두 달, 다섯 달. 무엇도 나오지 않았다. 하루가 가고 또 밤이 가고 다른 낮이 또한 흘러갔다. 너무 깊이 심었나. 반대로 너무 얕은가. 물을 너무 적거나 많게 주었나. 햇빛이 모자랐나. 조급해졌고 실망했고 정말 씨앗이 거기에 심겨 있긴 한 건지 도로 땅을 파보고 싶었다.

그리고 드디어 싹이 나왔다. 이유는 모르겠지만 딱 1년 하고도 두어 달이 더 지났을 때였다. 그때 문득 생각했다. 구두 가게를 열어야겠다. 구두는 확실하니까. 그것도 하이힐 전문점으로. 그냥. 우연이라고 말할 수도 있겠지만 윤찬경은 쏠라즈를 왜 열게 되었느냐는 질문을 받을 때마다 꼭 이 얘기를 떠올렸다. 어쩌면 우연이란 사물들 사이의 진정한 연결을 파악하지 못하는 우리의 무능력을 말하는 게 아닐까. 그러니까 씨앗과 하이힐 사이에는 어떤 연결고리가 있는 건 아닐까.

신종현에게 농담을 해놓고 윤찬경은 문득 무슨 영화에서 보았던 것 같은 대사가 기억났다. '인간에게 말이 주어진 것은 생각을 감추기 위해서다.'

―무슨 영화였더라.

부츠를 포장하면서 윤찬경이 혼잣말을 중얼거렸다. 신종현을 보내고 어떤 영화였는지 찾아봐야겠다고 생각했다. 윤찬경은 쏠라즈에서 구두를 팔면서 많은 사람들을 만났다. 신기한 게, 그러면서 스스로의 감정에 무뎌지기도 한다는 사실을 발견했다. 간혹 복수의 칼을 가는 심정으로 들어왔다가 이해의 폭을 넓혀 돌아가는 고객들을 보면서 쏠라즈라 이름 짓기를 잘했다고 스스로를 칭찬했는데 그럴 때마다 위로를 받는 기분이었다.

윤찬경이 포장한 구두를 건네며 농담으로 말했다.

―조심해. 이 구두 굽이 당신을 다치게 할 수도 있어.

―알아. 그래도 좋아.

―응?

―자, 받아. 선물이야.

신종현이 윤찬경에게서 건네받은 구두를 다시 윤찬경에게 내밀었다. 윤찬경은 잠시 아무 말 없이 신종현을 보았다. 5초? 10초? 짧은 시간에 윤찬경은 여러 가지를 생각하고, 짐작하고, 또 마음먹었다.

이윽고, 이렇게 말했다. 농담 투로. 풋, 웃으면서.

—어이가 없다. 그때나 지금이나 센스 없긴. 나 줄 거면 딴 데 가서 여기 없는 구두를 사 와야지.

신종현이 윤찬경의 웃는 얼굴을 보고 말했다.

—당신이 명랑한 거 보니까 용기가 난다.

—무슨?

—사랑해.

—풋.

웃었다. 윤찬경이 손사래를 쳤다.

—미안. 전조 없긴 그때나 지금이나 똑같아서. 꿈자리가 뒤숭숭하더라니 같은 사람한테 두 번째 고백 받으려고 그랬나?

윤찬경이 작게 웃었다.

—역시 우린 유머가 어울려 그치?

농담 같은 어투로 신종현이 말했다. 그러고는 이렇게 덧붙였다.

—다시 하자. 사랑. 태양처럼 뜨겁게.

—무슨 소리야?

—쏠라즈가 그런 뜻 아니야?

—풋. 웃겼어. 역시 우린 유머가 어울려.

—사는 게 뭐 별건가. 사랑 안 하는 것보다 하면서 사는 게

낫지.

윤찬경과 신종현은 자꾸 감상에 빠지려는 걸 가까스로 건져 올리려 애썼다. 그랬어도 둘 다 입을 다물자 눈빛과 표정이 공간을 메웠다. 그것은 금세 날카롭고 무거워져 점차 쉽게 내몰기 어려운 거대한 덩어리 같은 것으로 변해가고 있었다. 뭔가를 자꾸만 놓치고 있는 기분이었다. 바닥에서 발이 5센티쯤 떠 있는 것 같기도 했다. 마침내 윤찬경이 말했다.

—당신은 영원히 그 사랑 거부당할 거야. 내 복수야. 가능하면 앞으로도 행복하지 말고.

윤찬경의 말투는 차분하고 무겁지 않았다.

—예전에 내가 알던 당신으로 돌아와 기뻐.

한참 만에야 신종현이 이렇게 대답했다.

—이제 가.

신종현은 대꾸 없이 윤찬경을 오래 보았다.

—이 구두는 꼭 한 번은 신어줘.

신종현이 쏠라즈의 문을 열면서 윤찬경에게 말했다. 윤찬경이 작게 고개를 끄덕였다.

윤찬경은 신종현이 걸어 나가는 뒷모습을 보다 문득 하늘을 보았다. 눈이 오고 있었다.

─첫눈이네.

첫눈 오는 날은 좀 센티멘털해져도 괜찮지 않을까, 생각했다. 그리움 느끼며 사는 것도 괜찮아. 심장이 때때로 싸르르, 찌르르, 툭, 떨어지기도 하고 쓸쓸한 느낌이 달콤하고. 내가 꼭 뭔가 비극의 주인공인 거 같기도 하고. 그리움이 느껴지면 나른하고 슬프고 진해지니까. 상실감에서 그런 감정들이 느껴진다는 게 이상하기도 하지만 그건 사랑을 느낄 때만큼이나 강렬해서 기쁘기도 해. 어쨌든 밋밋한 것보단 낫잖아?

신종현은 첫눈을 맞으며 걸었다. 걷다가 문득, 뒤돌아보았다. 윤찬경이 막 쏠라즈의 문을 열고 나오고 있었다. 신종현은 걸음을 멈추고 보았다. 따뜻한 스웨터와 텀블러를 손에 든 윤찬경이 웃는 얼굴로 길을 가로질러 한솔요양병원으로 갔다. 들어갔다 다시 나온 건지 아니면 아까부터 쭉 거기 앉아 있었던 건지, 할머니가 웃는 얼굴로 손을 내밀어 윤찬경을 맞았다. 윤찬경이 할머니 어깨에 스웨터를 두르고 옆에 앉아 텀블러 뚜껑을 돌려 열었다. 텀블러 안에는 따뜻하고 향기로운 차가 들어 있겠지. 할머니와 윤찬경이 맞은편 쏠라즈를 보며 웃었다.

신종현은 몸을 돌려 다시 걷기 시작했다. 길모퉁이에 고양이가 한 마리 웅크리고 있었다. 고양이 앞을 지나다가 그냥 고양이에게 말 한마디 건네보았다.

　—너는 아니? 사랑이 뭔지?

　그러자 고양이가 신종현을 향해 하악, 했다.

작가의 말

사랑에 관한 소설을 요청받았을 때 가장 먼저 든 생각은 사랑에 관한 글을 써본 적 없다는 것이었다. 여러 경로로 많은 사람들의 사랑을 읽고, 보고, 들었다. 그래서 알게 된 사실. 지구에 오십억이 넘는 사람이 있다면 존재하는 사랑의 종류 또한 오십억 개라는 것. 삶과 죽음 사이에 들어 있는 사람의 모든 일이 또한 사랑 안에 들어 있다. 사랑은 저마다의 사랑이어서, 개별적이고 유일하다. 그 이야기들이 소설 속에 들어 있다. 사랑은 때로 아프고, 때로 삶의 위에 군림하며, 또 때로 폐허로 이끌었다. 사랑할 때 우리는 누구나 그 사랑이 행복할 거라 믿지만 결국 사랑은 다만 불가능에 대한 사랑일 뿐이라는 사실을 깨달아 맨발 위에 짙은 눈물을 흘리게 된다. 그럼에도 또 우리는, 사람이어서, 사랑을

하게 된다. 오십억 개의 사랑. 그것을 한꺼번에 뭉뚱그려서 사랑,
이라고 불러도 되는 걸까. 아무려나. 사랑이니까.

2020년 5월
김이은